INK INK INK INK INK INK IN
K INK INK INK INK INK INK
INK INK INK INK INK INK IN
K INK INK INK INK INK INK
INK INK INK INK INK INK IN
K INK INK INK INK INK INK
INK INK INK INK INK INK IN
K INK INK INK INK INK INK
INK INK INK INK INK INK IN
K INK INK INK INK INK INK
INK INK INK INK INK INK IN
K INK INK INK INK INK INK
INK INK INK INK INK INK IN
K INK INK INK INK INK INK
INK INK INK INK INK INK IN
K INK INK INK INK INK INK
INK INK INK INK INK INK IN
K INK INK INK INK INK INK
INK INK INK INK INK INK IN
K INK INK INK INK INK INK
INK INK INK INK INK INK IN
K INK INK INK INK INK INK
INK INK INK INK INK INK IN
K INK INK INK INK INK INK

NK INK INK INK INK INK IN
INK INK INK INK INK INK
NK INK INK INK INK INK IN
INK INK INK INK INK INK
NK INK INK INK INK INK IN
INK INK INK INK INK INK
NK INK INK INK INK INK IN
INK INK INK INK INK INK
NK INK INK INK INK INK IN
INK INK INK INK INK INK
NK INK INK INK INK INK IN
INK INK INK INK INK INK
NK INK INK INK INK INK IN
INK INK INK INK INK INK
NK INK INK INK INK INK IN
INK INK INK INK INK INK
NK INK INK INK INK INK IN
INK INK INK INK INK INK
NK INK INK INK INK INK IN
INK INK INK INK INK INK
NK INK INK INK INK INK IN
INK INK INK INK INK INK
NK INK INK INK INK INK IN
INK INK INK INK INK INK

解讀馬英九風格與台灣社會的化學作用

馬英九元素

施維摩
陳俐伶◎著

目次

前言

一九四九年
國民黨執政的中華民國政府撤退到台灣
這個慘勝了日本帝國主義
又大敗給中國共產黨的末路政權
一方面帶給這座島嶼
二二八的失望與哀傷
白色恐怖的恐懼與不滿

一方面也帶給了這座島嶼
虛虛實實的政權和主權
經濟奇蹟與快速的發展
但是影響最深遠的
是它同時給這座島嶼帶回了
整個中國的歷史聯繫與包袱

二十一世紀之初
島嶼上的人民終於有權爲
自己的未來做選擇
面臨的卻是前所未有的難題
他們曾經極力抵抗的中共政權
現在卻是維繫台灣經濟穩定的
重要元素與最大機會
他們曾寄予厚望的民進黨政權

八年來卻以貪腐無能和政治狂熱
幾乎摧毀了台灣的安定
與國際競爭優勢

與此同時
世界仍快速進步、改變著
不會因爲你的徬徨
而停下腳步

目前
台灣人民已做出決定
他們顯然認爲
解決這個難題最好的選擇
就是前台北市長與前國民黨主席馬英九
他的人格特質與政策

不但最有可能團結台灣、撫平不安
改善經濟、改革政治
也最能爲中共、美、日等周邊國家及國際信賴

雖然政敵始終畏懼著
他巨大而陌生的影響力
他的競爭對手也曾
竭盡全力來詆毀他
恐嚇並阻止人民向他靠近
但是人民並不受動搖
他以破紀錄的高票當選
更證明了傳統選舉伎倆的失效

現在
選舉激情也過去了

不論支不支持馬英九
許多人開始自問
爲什麼一定是馬英九
我們夠了解他
或對他的了解夠正確嗎

其實要眞正了解任何一個人
都是十分危險的企圖
但是要了解馬英九的政治風格並不難
只要你相信
世界上眞的有人很認眞地想做
一個被歷史和人民記住的政治家
而每一個人都有他的限制

一場決定台灣未來的選舉

二〇〇八年三月二十二日，中華民國第十二任總統選舉投票日當天，距投票截止時刻幾乎不到兩個半小時，選舉結果就已經出來了！

由於得票數的差距如此之大，其實開票不到一小時，大勢就已底定了！除了最前面的幾分鐘，國民黨總統候選人馬英九的得票數都是一路領先，並和對手謝長廷的得票數始終維持著五十八比四十二或五十九比四十一的優勢比率，最後則以五八．四五比四一．五五，大勝了十七個百分點。

由於局勢很快的明朗化，所以大部分的選民或電視機前的觀眾注意的已不是誰輸誰贏的問題，而是馬英九出乎預期的壓倒性勝利，將會把票數差距拉開到什麼樣的程度。這個數字最後停留在破紀錄的 **2,214,065** 上，馬英九以 **7,659,014** 的得票數對謝長廷的 **5,444,949** 票，徹徹底底粉碎了綠營「逆轉勝」的希望。

雖然之前各項民意調查數據始終顯示馬英九大幅領先，但是由於未表態的選民一直有三、四成，對手方的攻勢——特別是對一中市場的恐懼牌——又鋪天蓋地而來，加上選前前總統李登輝的表態挺謝，都讓最能反映民間選情判斷的選舉賭盤呈現出差距縮小甚至平盤的行情。因此最後的結果遠超乎藍綠雙方的預期，更擴大了勝者的狂喜與敗者的挫敗情緒，十分戲劇化的終結了長達八年的綠色執政。

馬英九的勝選顯示出：民進黨陣營在選舉期間，甚至選舉之前，對馬英九所做的種種人格謀殺，例如特別費事件、職業學生、綠卡事件、權貴子弟或一中恐懼、賣台恐懼等，是遠遠比不上人民對他人品的信任、作風的欣賞以及對他的經濟政策的期待。

由於馬英九以一個香港出生的外省子弟代表被「政黨輪替」掉的國民黨參選，卻得到全台灣不論閩南、客家、外省、原住民各族群過半數的支持而大獲全勝，它其實更代表了整個台灣社會已揮別粗糙、民粹的民主初階，揮別省籍矛盾與不快的過往，走向更成熟、務實的民主先進社會。這個意義大過所有的意義而更可喜可賀。

就候選人的個人特質而言，這次的選舉也是所謂「馬英九元素」和台灣社會化學變化後，產生出來的最動人的結果……

關於馬英九還有什麼新鮮事

關於馬英九，很多人都想對他作更多的著墨，但始終沒什麼太新鮮的事情可說。這麼多年來，媒體的緊迫盯人、鉅細靡遺的報導已使他成為一個被過度消費的新聞人物。

但是他的超人氣、重要性與影響力，卻又讓評論家、支持者、政敵和招式已老、早已採訪倦怠的媒體不得不繼續跟隨他。甚至，只好帶了放大鏡和更多的誇張與扭曲來談論、報導他了！

觀察敏銳的人甚至會發覺：一向被視為媒體寵兒的他，由於媒體熱切的想從中挖出新觀點、新賣點，以及急於擺出客觀而未受魅惑的姿態，他們對馬英九其實是更爲嚴苛的——某種無限上綱地要求完美的「馬英九規格」已被訂定出來——只要是馬英九的言行與作爲不符合這個「馬英九規格」，媒體、名嘴或各黨各派各式各樣的評論者就會苛刻的品頭論足或肆意的嘲諷，好像那樣的規格與要求任何人都可以輕易做到一樣。

久而久之，我們發現媒體上呈現的馬英九，總是在瑣碎的攻擊或失焦的議題下，被迫回應的無奈，失去了完整的眞實感。最接近我們的印象與觀察的仍然是最早先那個：挺拔的身形，一絲不苟的儀表，乾乾淨淨，靦腆害羞，永遠帶著一張童叟無欺的笑容的那個人。

幾乎所有的評論者都有這麼一個印象：「要了解馬英九並不難。」《誰識馬英九》的作者馬西屏說：「要了解馬英九其實不難，學法律出身的他，凡事依法行事是他的原則，這一點讓他成爲台灣政壇上的奇葩。」「跟許許多多台灣的政客不同之處，在於他絕不會爲了討好人去做違背正義的事。一件事情，即便從人情上很應該做，少數民眾也期待他做，但如果違反程序正義，他也絕不容自己昧著良心做。對程序正義的尊重可見一般。」《馬英九前傳》作者也說，「馬英九與人最大的不同處，是在他五十五歲的時候，仍保有一顆年少時的眞誠和信念，以及幾近於刻板的純潔。」

正因爲馬英九的個性太過陽光、太過鮮明而顯得高調了，以致於常招到敵對人士的覬覦與挑剔，人人像通俗劇裡的惡婆婆一樣，嫌東嫌西、指手畫腳，三不五時就得弄出些似是而非的指控，意圖在媒體上累積出「天下烏鴉一般黑，馬英九並不比我們高明多少」的印象。

首長特支費則是這些攻訐行動之最。這個案子折騰馬英九最深，對他傷害也最大，但是本質上仍是政敵習慣性對他雞蛋裡挑骨頭的產物。在首長特支費事件後，《亞洲週刊》的採訪者這樣形容馬英九，說他在特別費案之後，從金庸筆下「拔劍四顧心茫茫」的張無忌，變成了「置之死地而後生」的楊過，在悲憤時刻中奮起，衝出了國民黨的理論禁忌，自創招式，走自己的路；在生命的懸崖上扭轉了自己的生命軌跡，纛舉旗幟鮮明，馬氏風格的總統之路。馬英九變了。

或許，在台灣政壇變態的意識形態惡鬥下，馬英九在作爲一個政治奇葩和偶像的同時，即便陽光底下也有掙脫不開的政治宿命。作爲一個遠觀、近察馬英九很久的筆者來說，在因緣際會下直接、間接地參與、接觸到他後期某些市政建設、隨後的總統競選活動，有機會和一些相關的人士對談，甚至第一線領略他實踐生命價值觀的根本面貌，覺得或許可能以在台北市執政後的這段時間作爲窗口，來眺看馬英九從政風格的變與不變。這八年不僅標誌了他個人從行政首長走向政治領袖的重要生命軌跡，也在八年的魔考中，讓自己的生命個體和台灣社會發生化學變化，以一種罕見的人格特質改變了台灣政治的遊戲規則。

但是，本書不是要重複再爲馬英九作傳，也不單是爲他的政績與作爲做正面的解讀，而是希望提供一個政治人物讓大家耳熟能詳的事蹟背後，某些更具有認知意義的觀察與分析。特別是藉由馬英九政治生涯中第一個民選的政治工作——台北市長任期內，爲人熟知或鮮爲人知的施政故事，去發現馬英九的政治本質，以呼應、檢視坊間多本傳記中那有時幾近完美、沒什麼戲劇性卻不能或缺的英雄角色，或是正相反，虛僞、無能，完全是統派媒體與泛藍群眾感情投射所揑造出來的搪瓷娃娃。

無論如何，任何人都必須要有心理準備來接受未來台灣政治中的馬英九元素了！成熟地看待他，成熟地看待一位政治人物，便能成熟地看待台灣政治未來的演化。

了解馬英九的第一個故事

勞動是爲了生活理想，遷徙往往是一種無奈，遷徙與勞動，卻也促進了在地與外地的人類經濟。

在形色匆匆的台北市，僻靜的承德路三段街道公園內，有一座標誌著「四面八方」的外勞工殤紀念碑，用中、英、印、菲、泰五國語文題成的碑文，內容是這樣寫著：

炙熱柏油路下，滴落的是你的汗水；
昂首藍天，高聳的大樓有你的淚水，
是你成就了台北市的不凡，

永遠感念魂斷異鄉、

為台北市捨命的外籍勞工朋友們！

這座紀念碑來自於前市長馬英九任內所通過的一個決策，要為一九九一年起迄今不幸因公死亡的二十六名外勞表達懷念與感謝，設置工殤紀念標誌。「四面八方」碑在二〇〇七年四月工殤日當天完成了神聖的揭碑儀式。

立此碑前，還有一個說小不小的故事，發生在馬英九擔任台北市長期間，民國九十三年三月台北市開挖建設信義快速道路，在連接文山區與信義區的山區施工現場，發生了重大意外事件，許多捷運工人當場受傷或死亡，在不幸死亡的名單中，有二位是台籍工人，二位是泰籍工人。依照法令，在事件中因公死亡的台籍勞工，可以獲得新台幣三十萬元的撫卹金，但是，同樣在事件中死亡的泰籍勞工就沒有這樣的待遇。根據外勞仲介合約，只能提供五千元的撫卹金給因公喪生的泰勞。

馬英九知道這樣的撫卹處置後非常震驚，因為這種待遇不平等的事發生在自詡為國際化標竿城市的台北市，讓他完全無法接受。他一直堅定認為：「人類生而平等」的普世價值觀就等同於國際觀，更何況這些勞工都是為台北市的建設而犧牲生命的，不應該有如此差別待遇。於是他循行政管道，費了一番波折讓這二位泰勞也領到三十萬元的撫卹金。

這一個動作，讓泰籍勞工們普遍都非常感激；身亡的泰勞家屬來台時，對台北市長馬英九的義舉更是感涕不已，回國後並寫信一再表達感念與謝意。

初次聽聞這個故事時，許多人都會油然生出一個想法：「這種作法其實滿像馬英九的風格！」但是對馬英九而言是自然而然、司空見慣的作爲，在台灣社會是否也都一樣普遍呢？我們看看屢屢發生的台籍雇主虐待外傭的社會新聞，以及高雄市政府坐視捷運施工單位虐待泰籍勞工、引發抗爭的新聞，就會初步了解「馬英九風格」或「馬英九元素」所代表的意義爲何。

關於外籍勞工，馬英九後來更進一步的想法就是：由於勞動力的轉型，台灣社會必須引進大量外勞來從事工程建設。當我們享受捷運的便捷，享受一〇一摩天大樓帶來的國際掌聲和舒適消費時，這些成果的耕耘者，很多便是離鄉背井，默默地付出血汗，在台北各個工地打拚的外勞朋友。他們是建設台灣的無名英雄，如果當中有人因工傷客死異鄉，當然也不能被遺忘。在承德勞動文化園區豎立的工殤紀念碑，是全國首座外勞工殤碑，用以追悼那些爲北市公共工程付出寶貴生命和血汗的外籍勞工。

悲憫的胸懷與進步的理念

其實，馬英九對弱勢族群和外籍勞工的關懷，不但沒有間斷，而且很早就開始了。外勞來到台灣工作，和本地勞工一樣享有基本的勞動權益的保護。作爲台灣的首善之都，台北市在保護外勞的措施更是不遺餘力。其中，勞工局付出的心力最多，還爲適應不良或遭受不平待遇的外勞設立了諮詢服務中心，從二〇〇一年起開始更舉辦台北市的外勞詩歌比賽。這可能是全世界唯一僅有的外勞詩歌比賽，每年都有許多在台工作的越、印、菲、泰籍勞工來投稿參加。市政府還愼重邀請了台灣詩壇的重量級詩人，以極微薄的出席費來擔任決審。決審分兩階段進行，第一階段透過中文翻譯來了解參賽者的意象修辭與創作能力，第二階段還要請四個國籍的朗讀者把所有進入決審的詩歌朗讀一遍，讓決審委員親耳聽見不同的母語對情感的呈現。這個文化活動的成果與意義，除了對外勞朋友異鄉情緒的抒發與表現不無幫助外，也把台北和世界接軌起來，標誌著我們是活在多元包容的城市，讓台北在國際友善城市的指標上大步跨越。

二〇〇二年的台北國際詩歌節，文化局邀請得獎的外籍勞工到中山堂堡壘廳參加「外勞詩會——聽見不一樣的聲音」表演。自稱同樣也是外籍勞工身分的當時局長龍應台，在會場致意時，提到她作為一個母親和自己在德國的小孩久別的心情，立刻和在場的外勞媽媽們激起極大的共鳴，結果她當場就跟數十位外勞媽媽相擁而泣，旁觀者紛紛紅了眼眶，場面十分感人！

外勞在台灣大多是從事社會底層、低階的工作，是台灣社會的弱勢族群。當然，台灣的弱勢族群不止是他們，還包括為數不少嫁到台灣的外籍新娘，她們大多來自中國大陸和越南，一開始在適應環境、尋找工作上十分辛苦，馬英九在市長任內也都非常關照她們的生活：在台北市設有新移民會館和新移民的節慶與活動，讓她們有交誼空間，並學習台灣語言、種種風俗與文化，一方面保留自己的文化認同，一方面可以快速融入台灣社會。

目前在台北市設籍的原住民共一萬二千多人。馬英九對原住民的關照也十分用心。其中，單是市府機關就雇用了三百多名原住民工作人員，如果不論男女老少，在台北市幾乎是每三十個原住民就有一名是在市府工作的。這比例在台灣其他縣市，或放眼全球政府機關都是罕見的。

除此之外，同志或同性戀族群，在台灣社會內因極受壓抑、分散隱藏，人數所占比例不高，也是屬於台灣的弱勢族群。和其他弱勢族群不同的是，同志團體相對於民風保守的台灣社會而言，仍有較大的爭議性，更受歧視與排斥。即使如此，馬英九任內的台北市政府每年均撥款爲他們辦活動，越辦越盛大的「台北同玩節」，彷彿就是台灣同志的嘉年華，一方面讓他們可以有盡情表述自己的舞台，同時，也讓台北市民接觸到一些和自己性傾向，或對愛情態度不一樣的文化，擴展市民的人道胸懷，落實台北市爲一個尊重多元、容納異己的國際級城市。

馬市長在二〇〇五年曾到舊金山拜訪。這個以同性戀大本營聞名於世，且曾經因擁有同志市長而享譽國際社會的浪漫之城，當時的市長是時尚帥哥級的紐森，他就曾對馬市長能以公部門資源來爲同志團體舉辦活動一事，表示驚訝。

以上這些小故事，其微小的程度就像弱勢族群在我們社會上的比例一樣，相當微不足道。但是，一個眞正文明社會進步的判別指標，正是要見微知著，精益求精，讓文明進步的果實雨露均霑。一個社會的主流人口得到很好的待遇，享受到很好的生活，並不代表這社會就一定是夠進步的，一定是要這社會最底層、最弱勢、最微小的聲音被廣泛聽見，受到妥善的照顧，並和主流族群一樣享有同等的機會，才是一個眞正文明進步的城市。

這種對待弱勢族群的友善態度與政策，在台灣許多民選的地方政府來說並不普遍。因爲這些弱勢族群在社會所占的人口比例不高、選票更少，影響力眞的不大。先照顧到大多數人的需求，行有餘力再來關照弱小的族群，這是常理，也無可厚非。但是，馬英九主政期間，卻會將這些往往被視爲嫪備一格的弱勢族群權益，當成自家大事，並與大多數人在意的建設齊頭關照。

這樣的態度，自然不是來自他的政治考量，而純粹是反映馬英九個人的善良本性，以及他那種與人類文明與時俱進的進步理念。

關於馬英九的人道信念，以及公益活動上從不落人後的古道熱腸，坊間已有太多故事流傳。我們可以確定的事蹟是，自稱是匹「血馬」的他，四十年來捐過一百七十六次的血，合計已捐出四萬四千西西的鮮血；他的公益慈善捐款也逾七千萬台幣，可能是捐出與收入比最高的捐款人；他的器官全被預約光了，捐贈卡也簽了不知多少張，連身後的「臭皮囊」也早就捐給了「慈濟」。

我們把人道理念提到最前面來談，因爲可以比較清楚地幫「馬英九元素」定出一個理解的方向，它就是：像模範生在追求某種模範一樣，馬英九一直努力在追求某種政治模範，並勇於拋棄過往的束縛與成見去達成這樣的要求。在他的信念中，政治模範來自追求人類進步價值的信念、中國傳統誠正修齊治平的文化和與此相輔相成的開明態度與軟心腸。

認識馬英九的第二個故事

這件事情發生在不久之前，但是類似的事已經發生了太多次了，所以我們姑且這樣說：某年某月某一天，馬英九在台北縣一場座談會裡，由於急於和一位請願的原住民爭論危險河川地住戶的遷移問題，發生了口誤。這對於急於攻擊他而苦苦找不到焦點的政敵與政治評論者而言，不啻是天上掉下來的禮物，便不管他過去對原住民的種種作爲與善意，卯起來加以窮追猛打。

對於政治惡鬥已進入喪心病狂境界的台灣政壇而言，這是可以理解的，問題是，在某些場合，一些年紀很輕的，甚至是支持他的新聞工作者，也老氣橫秋地對這個事件說三道四，冷嘲熱諷起來，好像他們一直覺得自己比馬英九更聰明許多，好像馬英九只是個初出茅廬的政治白癡一樣。爲什麼總有一些評論者甚至是一些支持他的人，也往往會以這種輕率的態度來貶抑他、教訓他呢？

原因很多，也頗令人玩味。

批評者有些是愛之心切、恨鐵不成鋼的支持者。他們讚許馬的許多政治風格，但是對於某些政治風格又極端不解與不放心，怕他受傷受騙或不夠堅持（支持者）自己的立場。有些所謂泛藍政治評論者（就不用說泛綠的了）也像場邊教練或後座駕駛員一樣，對於馬英九和他們風格或方式不合的種種言行都加以嘲弄怒罵。

但是他們始終沒想通一件事：馬英九是一個整體，就像是每一個人的個性都是一個整體一樣：有這樣的優點就可能有那樣的弱點，他的政治性格也一樣：有這樣的人氣，就必須有那樣的高期待與承擔；吸引了這樣的人，就註定要讓另外那樣的人失望。你必須對他概括承受，不能老是想著要去局部改造他，一方面繼續保有他的超高人氣，一方面又可以偷渡你自己的願望與脾氣。

馬英九之所以一直讓許多人寄以厚望，是因爲他可能是台灣目前唯一被明顯多數民眾支持的人，可是，一旦他順從了某些支持者的願望或某個評論者的立場，他可能就變成跟他們一樣的少數了！不過，這時候一定有另一群支持者和評論者繼續出來責備：這都是因爲沒有聽他們意見的緣故。

輕率的批評有些是肇因於馬英九「溫良恭儉讓」的政治風格。也就是說，馬英九對於台灣政壇慣有的攻訐或媒體重口味的報導與評論，一貫的態度是不予置評、不予回應，或「表示尊重」，若有需要辯正之處，則心平氣和地做說明，或親筆投書報社要求更正，但絕不會口出惡言，反罵回去。面對惡質政客與興風作浪的媒體交織而成的漫天口水戰，這種以個人修養爲自我要求的作風，一方面贏得了多數民眾的好感，區隔了他與「社會形象第二負面、僅略高於罪犯」的其他政治人物，一方面卻也讓蓄意攻擊者不虞被報復、反擊，更無後顧之憂，因此漸漸地成爲藍綠雙方政敵與評論者代價最低的標靶。

這樣的政治風格和他的性格有無直接的關連，說起來有點複雜，試圖把事情簡化的人，對此的正面說法，是將這種風格歸之於馬英九的教養、潔癖與溫文敦厚的性格；負面的說法，是將之歸諸他的傲慢、怯懦與顢頇。不過，他個人如何爲他的政治角色定位，可能才是持續這種政治風格，不受其他刺激所干擾的主要原因。

作爲外省來台第二代的政治明星，又是承載許多歷史包袱的中國國民黨代表人物，在這個充滿衝突與新仇舊恨的轉型時代，除非馬英九只想藉著意識形態的自然區隔坐擁泛藍半壁江山，如果要掙得國家名器，領導台灣，就必須爭取未被意識形態分割前，最自然流露的那分台灣意識、本土情懷，成為台灣社會的主流。而這分主流意識為何？它對你有什麼期待？絕對是未來台灣的領導人必須去虛心學習與精確掌握的。可是許多國民黨或泛藍政治人物對於這一個重要課題的體會，既不夠認真，又不夠準確，以一貫的粗枝大葉，輕忽了這幽微的本土情懷，懍於這當中的能量，卻不加以深究、詮釋。

所謂「主流意識」的本土情懷，基本上源自自然的土地經驗與不快的歷史記憶，前者塑造了人民性格與價值觀，後者影響了他們對政治的期待與想像。關於不快的歷史記憶這部分影響更大。由於過去百年來，台灣人民受到相當的歧視與壓制，這些記憶在過去的年代又無從舒解與傳遞，以至於某些看似遙遠的過往委屈與不滿，由於延遲學習，反而記憶猶新，還來不及退下怨恨與猜疑的溫度。在這樣難以言傳的意識底層下，台灣的主流民意的確是比較感性導向地同情弱者、被打壓者，特別要求公平與公義，對尊嚴極其敏感，且十分憎惡早年官僚作威作福的嘴臉。作為曾是威權統治者的國民黨代表人物之一，馬英九要被這個主流社會接納，就必須更謹言慎行，不能沾有任何一點往昔壓迫者的身影，要不停接受歷練與考驗，且心甘情願地承受種種國民黨遺下的因果。因此，他要扮演的政治角色同時也是歷史命定的角色，類似清掃陰霾的陽光，重建中華民國形象的政治典範、融合族群的傳教士、撫平委屈的安慰者、承擔怨憎的受氣包……這些都讓他不能恣意去攻擊，甚至，不能太刻意來防衛自己。正如《老子》書上所說的：「能受舉國之辱方成國主，能擔舉國不祥方成國王。」

但是，更多人會輕易地去批評或「指導」馬英九，其實可能只是長期累積的「媒體效應」。

關於這點，「父子騎驢進城」故事裡那些好事的議論者，用來形容在馬英九新聞周邊的各式議論者，是再貼切不過的事了！父子騎驢，如果在半夜，可能不管用什麼辦法，早都進城去了！但是如果他們要進城的時候，夾道有萬人歡呼鼓譟，旁觀者熱情投入，每個人都自覺對父子二人很熟，那麼，出主意的人群中可能早就有人意見不合，先打起來了！

媒體創造了投入的觀眾，而過度鉅細靡遺的報導則創造了「人人比馬英九更熟知馬英九」的錯覺。

現實世界的馬英九，可能一天要操心一百件事情，這一百件事情裡可能有一些是要全神貫注的，有一些是臨場惡補的，有一些是可以輕輕帶過而有一些可能後來就放棄的。但是在電視機面前緊盯著馬英九新聞的人，往往會以為那則新聞所報導的是唯一的事情，並且用了比馬英九更多的時間、更有利的位置與觀點來評價他。

媒體不一定造就「媒體寵兒」，但一定會去消費「媒體寵兒」。在台灣目前這種商業掛帥、竭澤而漁式媒體環境裡，一旦成為被媒體鎖定消費的對象，危險性和耗損率都會高得驚人。日後我們將發現，在媒體如此消耗下，馬英九仍能維持其魅力於不墜，可能已經創下台灣的奇蹟。而一個人的魅力，要撐起半邊天且維持數十年仍不墜，如果僅用一個「帥」字或「形象」等字來歸功，說法未免太過膚淺也太輕視群眾的判斷；當然，同樣的，因為外型好而就被認定是「花瓶」，中看就一定不中用，也多半是偏頗之言。

由於馬英九外型稱頭體面，風采翩翩加上一口流利漂亮的英文，在台灣政治人物中的確是相當引人側目的風雲人物，只要他一出現，就成為鎂光燈的焦點。品學兼優加上大方親切的談吐，不但累積高人氣指數，更是許多民眾心之所嚮的典範。也因此這位被指為「不沾鍋」的政治明星，一開始就被敵對陣營醜化為「中看不中用」的人物，在各方面均直接或間接地暗示他沒有魄力，沒有政績。而事實上，如果不是被那些故意炒作的蜚短流長、惡意中傷，及一些無中生有、似是而非的口水遮蔽，平心而論，馬英九在法務部長及台北市長任內，其實很堅持原則，而且勤奮認眞，做了相當多的事。

被形象遮蔽了打拚的成績

當前政治人物粗魯蠻橫、言行低俗、缺乏口德及道德良知，更令人民感嘆的是，幾乎每個人都忘了動嘴噴口水之外，還要動手做事情；尤其過去八年來民進黨政府許多高官，坐擁行政資源及大量預算之後，還自以爲是光說不練的民意代表，只知自己享權力，卻要求別人負責任，風氣所及，我們只看見人人爭相做「監督者」、「批評者」，沒有人要做「做事者」，連官員都搶著「罵人」而不「負責」。其中最戲劇化的一個個案是，內政部長李逸洋在得知自己的次長顏萬進於陽明山纜車案中大膽貪汙（後被檢方求處十五年重刑），他的反應是多次指責馬英九的台北市政府審查不嚴，圖利他人。迄今，內政部長似乎還沒爲副部長的貪汙正式向社會道歉。

台灣政治人物稍微會做事的人，有許多則擅長做所謂「選舉工程」，一切以求速效、看得見、媒體曝光度高爲主要考量，有利可圖更好。所以台灣有一大堆蚊子館、蚊子園區、蚊子飛機場、短命的藍色公路、半截的河川整治、公共工程連環弊案等等。

相對於這些政客，馬英九的工作態度眞的單純很多，而且通常只做事不標榜，還帶著早期公務員那種非政治的行政專業思維。後來他當然更像是民選的首長，更懂得回應群眾的願望和需求，但是始終如一的，則是工作狂般的認眞與勤奮。以客觀數據或事實來檢驗他，我們將發現，無論在法務部長還是市長任內，其政績、聲望和支持度之高，幾乎無人可出其右。

就事論事，馬英九自法務部長任內從肅貪、查賄、反毒、掃黑到獄政改革，成爲當年內閣中滿意支持度最高的行政首長（百分之八十八的施政滿意度），不管在魄力或建樹上都受到相當的肯定。在市長任內，也大都保持各縣市長民意支持度第一名的美譽。儘管在最後二年的任期中，因同時接任國民黨黨主席一職，感染到較濃的政治色彩，支持度有小幅下滑，卻也一直維持在六成五到七成的不墜聲望。因此，與其說馬英九是一個沒有政績的市長，倒不如說他是個缺乏「秀場概念」搞建設的市長（同樣是政府的文宣預算，別人是累積到競選前才拿出來做政績美化的宣傳片、或是為一個隧道辦七次通車典禮，他則是均衡地幫各單位做垃圾費隨袋徵收、機車退出騎樓等政令宣導）。不然以台北市民超水平又嚴苛的城市生活要求，他不可能連續幾年跨越藍綠，獲得超過七成以上的市民支持度。

然而，馬英九求多求全的施政風格，確實讓一般人難以一舉提出最令人印象深刻的建設，或聯想到什麼鮮明的戲劇性政績。這固然與他的政治性格和做事原則絕對有關（因他在市政建設上始終強調周延性和基礎性），但台北市在其八年任內的政績，隨便拿出一、二樣都足以在其他縣市被大力吹捧、大肆宣傳的。

總結他在台北市的建設，我們可以先從十個較大的項目來談：

一、城市管理的現代化；

二、內湖科技園區和南港軟體園區的開發；

三、普設下水道，整治基隆河；

四、捷運系統的完備化及整個捷運生活文化的建構；

五、社區運動中心和大小巨蛋的興建；

六、悠遊卡的普級化；

七、建置無線寬頻城市，台北這項傲人成就遠遠領先其他城市，居世界之冠；
八、環城快速道路系統的建設；
九、文化建設與活動的蓬勃發展；
十、市醫整併的改革計畫。

這些軟硬體建設在他任內使台北市脫胎換骨，讓市民生活品質明顯提升，卻感覺不到戲劇性的變化。

這八年來，由於中央是由民進黨執政，不論是基於政黨競爭的心機，還是「平衡南北差距」的考量，總是有些縣市的建設活動受到中央政府的大力挹注與揄揚，相對的，馬英九治理的台北市就受到程度不一的排斥或壓抑，不只在統籌分配款的議題上、勞健保分擔的官司上，連翡翠水庫的保護都被挑撥成地方的對抗。再加上台灣經濟衰退，馬英九任內八年，台北市政府的年度預算比上任前，甚至十年前還差。即使如此，台北市在一千多項國內各式行政機構評比當中皆名列前茅，幾項城市競爭力及城市管理的國際評比，也都表現傑出，令人刮目相看。

馬英九突出的施政成績，使他屢屢受邀至國際各大城市演講。藉著頗具創意的台北經驗、流暢的英文、出眾的風采，站在國際能見度的高端爲台北乃至台灣發聲，讓一向在國際受到打壓的台灣，得以揚眉吐氣。二〇〇五年起，他再以兼任國民黨主席身分訪歐美、訪港澳，所到之處，莫不受到熱烈歡迎與高度重視，隨行的台灣媒體幾乎都是用「馬旋風」來形容他所造成的轟動。令許多人印象深刻的是，當他踏上美國領土第一站，就以彷彿零時差的生理狀況，不畏零下氣溫開始晨跑的健康形象；似乎全世界（尤其是華人）在那一刻，都看到了台灣和台灣所追求的民主、自由和存在的價值。

民選市長馬英九

一九九八年，馬英九在支持者千呼萬喚中，決定重新站上政治舞台，投身白熱化的台北市選戰。當時他以政務委員卸任後的一介平民角色，和聲望正隆、爭取連任呼聲正高的陳水扁角逐台北市長寶座。

那時的陳水扁已做了四年的台北市長。在陳任內由於勇於創新、突破窠臼，而且力求人性化的清新風格，確實博得台北市藍綠多數市民的認同。因此對這場選戰，陳市長可說是意志堅定、信心滿滿，但面臨馬英九這個「未來天敵」卻也不敢掉以輕心。

馬英九則挾著先前在法務部長任內的高聲望進入選戰，雙方在民調不相上下的拉鋸情勢下纏鬥數月，選舉結果，泛藍基本盤原本就比較大的台北市選民，讓馬英九以百分之五一．一三的得票率一舉擊敗陳水扁的百分之四五．九一，以九萬票之差，順利當選第二屆民選的台北市長，再一次站上政治舞台的高峰。

四年後，馬英九在連任市長的路上，又一次遭逢老對手。但這一次陳水扁卻已貴爲總統了。陳水扁挾著中央龐大的行政資源，全力輔選李應元，意圖一雪前恥。只是，陳水扁當時已淺嘗了權力的滋味，開始露出腐敗的端倪，和曾經支持、擁戴他的群眾漸形漸遠。權力使人腐化，金錢讓人沉淪，此時的陳水扁台灣之子的光環盡退，他的全力輔選非但不得民心，反而加速台北市民對他的厭惡和疏離。馬英九最後以八十七萬比四十八萬（百分之六十四比百分之三十六的得票率），壓倒性擊敗民進黨籍候選人李應元。

講述這件事的重點，非關個別的選舉，而是指出馬英九與台北市民先天上已產生的化學變化。因爲台北市民素質較高，既不受樁腳綁樁、買票的誘導，也不受制於台灣選舉語言和傳統選舉議題操弄。此外，市民對候選人的形象更有高標準的要求，對選舉的自主性頗強。能被這樣高素質的選民肯定，對馬英九來說，是他政治生涯裡頭非常引以爲傲，感到光榮的事；也更加支持著他「一路走來，始終如一」的政治風格。即使面對最激烈的總統大選，馬英九仍堅持他的選舉風格——永遠只打不抹黑、不惡質、不奧步的選戰，讓民主法治的精神落實在最具考驗的戰場，並藉由他居高不下的人氣，來證明台灣的民主轉型是有希望的！

他的選舉風格和民進黨或傳統候選人都不一樣，不但不喜歡罵人，有時還會就事論事，稱讚起對手。例如，和阿扁及李應元團隊選市長時，對手一直在謾罵他，說他是「香港腳」，他卻在關渡自然公園一次國際賞鳥活動的開幕式上，提到阿扁在規畫關渡自然公園的貢獻，要求在場來賓不吝給予掌聲；與謝長廷競選總統時，對方更是刻意攻擊他在台北市的建設，而幾乎與此同時，他還是肯定了謝在愛河整治上有值得參考的地方。他也重視基層，而不看重台面上的人，所以後來更走出白天訪問民眾、晚上住民宅的「Home Stay」清新、親民的選戰布局。

他對台北市民的情感很深，因此他對台北市政的建設，可說是盡心盡力。因爲台北市長是馬英九政治生涯中，第一個眞正民選的政治工作。在此之前，無論是在蔣經國的核心體系中擔任要職，或是在行政院體系中任官，都還屬於強調專業與不偏不倚的行政官僚。從當選民選市長的那一刻起，馬英九第一次必須學習與市民面對面、交心與共鳴。然而市民給他的堅定支持，讓馬英九點滴在心頭，也因此，他非常認眞地把市長的舞台當成是他從政生涯中最重要的任務，也是他卯足了勁、戮力以赴的責任所在。他全心全力建設台北，好為市民打造一個貼近世界核心、與人類文明主流共進的新舞台。

但是台北市政任務看似和平移轉，卻不是表面上那麼順利；上一任的市長陳水扁對馬的敵意和刁難，在市政公務交接上表露無遺，極盡冷淡、刻意抵制。甚至直到正式交接的前一天，陳水扁的市府團隊才交出鑰匙和文件資料，而關於政治任務的交代一項也沒有；馬團隊在兩手空空，最狼狽的情況下入主市府。問題至此尚未結束，阿扁就任總統後以平衡南北差距為名，把許多活動、計畫與資源紛紛拉離台北市，言談、態度上更刻意貶抑台北，挑起台北市和其他縣市的對立。馬英九在八年的任內，市府預算不增反減。到他卸任那年所編的二〇〇六年市政預算，還低於十年前。這還只是相對於國內跟自己的比較，如果相對於全球經濟起飛，城市競爭全面展開、城市文明建設被高度重視的時刻，以及全球城市都在擴增面積、人口，大幅增加預算的事實，台北市預算不增反減的困境就更難堪了。這是馬市長上任後面臨的第一難關。

馬英九上任後還面臨了市議會的考驗，也讓他在蹣跚學步的頭幾年中，一路跌撞、終至成長、茁壯。台灣的議會文化向來強勢、粗糙。早年民進黨還在野的時代，台灣民意還頗期待用民代角色來監督執政黨的行政權力。它一方面形成民意機關對行政機關的監督力量，一方面也代表了某些被行政官僚體系虧待的人「制衡」或「修理」官員的機制。卻也因爲民意代表常自恃爲民意，遂形成非常尖刻、高亢、高分貝對抗的問政文化；而這種問政文化在選民和媒體面前常會更加戲劇化，於是成天表演欺官戲碼，肆意杯葛，甚至大打出手，演出全武行；台灣民代不管中央或地方問政的惡行惡狀，激情畫面，早就透過媒體，舉世皆知，貽笑全球。像是丟皮鞋畫面、用強力膠把門封起來、在議會殿堂上潑糞、口不擇言等等，令人嘆爲觀止。而民代中具有黑道背景的比比皆是，更爲了自身利益，挾持對中央或地方預算的控制權，而常對官員進行強力的關說和不盡合理的議事杯葛。通常，和這樣的民代打交道，若非經驗老到，熟練的政治人物根本無力應對。有時候，甚至得透過胡蘿蔔和棒子的軟硬兩手策略來應付，其中最顯著的「胡蘿蔔」，就是對地方建設預算的分配，不管是藍綠或敵我政黨的民代，多少都吃這一套。但是院轄市例外，台北市有既定的嚴格的預算，沒有這樣一筆可運用的資源，馬英九起初只有行政官員的經驗，和民代的互動技能不夠嫻熟，所以剛開始上任時議員們對他的施政理念、作風也不盡支持；這個現象一直到馬英九當上國民黨主席後，才多少得到了自己的黨籍民代的支持，緩和了他在議會長期以來的辛苦處境。

除了預算減少和面對議會的束縛外，馬英九上任時的第三個難關是：面臨台北市已經走上了市政建設高原期的困境。通常市政的高原期，意味著一般傳統建設的空間已經飽和，意味著有形的硬體建設與巨大的施政藍圖需要更高的規格、更高的難度與更高瞻遠矚的眼光來著手擘畫。另一方面，也意味著台北市民對市政願景的要求，已經不再只是建橋修路，或蓋一些大樓就能滿足，而是需要更多更新的設施與作爲才能讓人驚豔或感動。馬市長在任內曾經做了很多硬體建設，這當中無論是環城快速道路系統、小巨蛋、市民運動中心等設施，如果放在一般縣市，就足以大書特書，讓當地民眾談論好一陣子了，但對台北市民而言，雖然在使用這些日漸增加的設施，讓生活方便、有趣或迅速了許多，卻不一定有特別深刻的印象和感覺，這就意味台北市政建設已經初步進入高原期了：一般市民所能想像要增加的台北市基本建設與需要，比較做得到的，已經在前幾任市長任內都做得差不多，馬英九要做出什麼才能超越，才能讓台北市更上層樓？他面臨了一流市民最嚴苛的期待和檢驗。

市長任內八年，是認眞的馬英九更認眞的八年。任內的辛苦只能以「全年無休」來形容。平均起來，幾乎每天工作超過十七小時；一個禮拜至少有三天的既定會議在上午七點三十分召開，另外三、四天的清早也是排滿了議程，而這些會晤之前他通常已完成了一、二個行程了；市政顧問會議或一些視察則自然而然得排到星期天去，晚上十二點後，市政一級主管和幕僚更都有接獲馬市長電話垂詢的經驗……。

模範生的量化思維

「數據」曾在求學期間拿來衡量我們的成績，進入職場之後，又拿來衡量我們的業績、我們的收入與成就。

沒有「數據」，一切成敗好壞都得依賴我們的主觀，而每個人的主觀卻有如此大的差異，所以力求客觀的人不得不仰賴數據。我們不知道是不是因爲這樣的原因，馬英九才成爲數字狂的，但是他眞的很努力追求客觀的知識與態度，下意識裡也會把數據視爲可靠的證據。

倚賴直覺作決策的人，雖然大有人在，但是這樣的情形，在馬英九的溝通與決策過程中是比較罕見的，特別是作爲論述的一個證據或指標，馬英九對數字特別有感覺。這倒不是受過西方教育訓練的關係，而更像是某種模範生的慣性或本能，不停透過數字的比較和自己進行內在的競爭，或和對手進行外在的競爭，所以他一直努力去累積數字，數字無窮無盡，他的目標和他的努力也無窮無盡。久而久之，他對抽象或不抽象的事物都喜歡以量化來理解；就像是「超級數據達人」，酷愛在龐大的資料庫中鑽研，找出隱現在各項數據之下的意義與關連性。

所以他對某些行政績效的要求，力求「量化的表述」是非常堅持的；因爲他深信數據往往就是一個單位努力與成就最可靠的證明，會對施政決策有比較客觀而可靠的參考。而透過數字的累積、比較與管理，就能讓市民更清晰具體的了解他在市政上所做的努力和成就。因此，在馬英九靈光的腦袋裡常有一堆數字，協助他精準的追蹤、雄辯地陳述、殷殷地「上課」、「教誨」。他也拚命工作以累積正面數字，降低負面數字；用數字的升降動線，調整並鞭策自己跟團隊的行動力。其熱愛數字的程度，可從八年來在市政建設的報表上，洋洋灑灑的數字略見一二。這些數字都是馬英九的成績單；「數據達人」的馬市長，對數字的敏感度，以至掌握度之高也是讓人望其項背的。各局處之業務績效、硬體、工程建設的數字資料，馬市長甚至比三十一位一級局處首長更清楚也更 update。

卸任前，他還請各局處匯整了他主政八年來台北市的各項施政建設與詳細資料，放在一個叫做「發現新台北」的網站上；這個網站的資料庫共有一百五十項施政的成果報告，每個報告項目先有約一千至二千字的概述，標舉其建設內容、意義與成效；更有萬言字數的說明來清楚交代每一項建設的來龍去脈、承辦歷程，也讓數字說話，並附帶詳細文件紀錄、圖片和相關資料等，甚至還包括了當時媒體對這項建設的正負面報導與評價，是相當完整、完備的市政成果網站。資料庫裡頭，絕對找得到馬英九這八年任內重要的市政成果。任何對於馬市長施政力有疑慮的正反支持者，都可以上這網站去看看。

當然，數字是冰冷的，用心才是溫暖的。精確刻板的數字，並不能完整地檢測出市政的成敗，也無法詮釋施政是否恰到好處；但在這堆數字中，任何人都可以據此判斷馬市長是否眞的善用國家給的有限資源，並帶領府內團隊做無限的發揮，這些數字絕對具有指標性的意義。

數字會說話，讓它們來為認眞工作、體力過人的馬市長說句公道話吧！

從「質」的概念體現現代化

——馬英九的城市管理

台北——台灣的首善之都，一個和國際緊密接軌的現代都市，擁有優美的自然景觀和細膩深厚的文明素養；但是從外在來看，她似乎少了一個讓人驚豔的亮麗面貌；從市民生活的品質來看，也不足以呈現這個城市應有的水準。一個很普遍的印象，是一直以來，台北的天空給人的感覺總是多了點迷濛的灰，少了點亮眼的藍。

馬市長上任後第一個想做的，就是要透過硬體跟軟體的改善，把台北的美感初步確立起來。一方面讓這城市更方便、安全、美觀，一方面也要建立起使用這座城市的正確態度與方法。「發現新台北」網站記錄著從一九九九年到現在，台北市政府的三十一個局處如何透過軟硬兼施的同步努力，讓台北市脫胎換骨的成績。它從發展、安全、教育、活力、文化、繁榮、健康、生態、友善與便捷等十個指標，介紹馬英九如何以總共有一百五十項的建設成果來展現他八年來的施政理念。爲了更清楚勾勒出馬英九在市長任內建設的貢獻，我們整理出最具意義也最具馬英九風格的十項建設，以章節式的提綱挈領，讓大家了解並檢視馬英九對城市建設的理念與實踐。

首先提及的，是他最抽象，成果卻具體而顯著的市政建樹——城市管理的現代化。

一般而言，這是地方首長比較不情願主動去處理的市政問題。因爲，一個城市的管理常常是無形的，在印象上不如具體的大型建築或建設擺在眼前那樣鮮明，因此這種政績是很難迅速被肯定。二來，城市的管理，經常需要消耗更多的人力、資源和時間，管理內容也多是些一代一代傳下來的陳年痼疾、並牽扯到市民的生活習慣和文化等問題，所以它的績效很難速成，也不易見，除非是有長期考核的持續魄力。第三，城市的管理，往往呈現在市府與市民間的互動關係裡，管理必然會連帶有所限制，而限制本身就是束縛與不便，它的執行常會引發某些市民、駕駛人或其他既得利益者當下的抱怨，很容易引起對立跟緊張，所以城市管理的這一塊通常是地方政府最不願觸碰的一塊，以免壞了彼此的甜蜜關係。

在台灣，除了那些被多數市民厭惡的特種行業和攤販不得不管理外，一般民選首長是不太會去理會那種吃力不討好的棘手政策的。特別是一些新的政令對市民既往的生活會形成一定程度的規範，造成不便，違者甚至要受罰。但這些顧慮似乎牽絆不了就事論事的馬英九，爲著整體市容以及市民生活品質的長遠前景，實現一幅更美麗的大台北藍圖，他就像是個有點不識相的模範生，將其他縣市長避重就輕的問題，以很認眞的態度來貫徹執行。這當中包括「垃圾費隨袋徵收」、「取締酒駕」、「機車退出騎樓」、「強制騎機族戴安全帽」、「清除報紙色情廣告」等政令，都是城市管理上重要但又難執行的一環。

這些管理內容中有許多是歷任市長執行過的，也有許多是新的政策，但相較於歷任市長，馬英九雷厲風行的程度，是更堅決而認眞的。像是「垃圾問題」，從原先定點擺放，到後來因顧慮市容而實施的「垃圾不落地」政策，再到更後來的「垃圾費隨袋徵收」措施，這些對市民生活的習性可以說是一大改變和挑戰。特別是「垃圾費隨袋徵收」的政令，原先市府的規定是把垃圾費附在水費上，不管丟多少的垃圾，都繳一樣的垃圾費，現在則變成按照垃圾量來收費，且只能使用市政府製作的塑膠袋。這是前所未有且顚覆市民慣性的一大挑戰，市民一開始必定怨聲載道，配合度也不會太好，所以陳前市長就放棄了。馬市長預先考慮到這些政策可能引發的狀況，施行前市政府先花了三個月的時間做宣導，強調多製造垃圾就多付費的觀念，以及垃圾減量的目的，眞正落實使用者付費的精神。雖然，剛開始實施的時候，的確造成一些民怨及學者專家的質疑，但很快地這項措施在出人意料的短時間內，就被廣大高素質的台北市民接受了，成功地改寫了台北市的生活歷史。

原本台北市民平均每人每天產生一．一公斤的垃圾量，在執行「垃圾隨袋徵收」政策之後，每人每天的垃圾生產量已降到了〇．四五公斤，一九九九年時全市家戶垃圾每日約二千九百七十公噸，至二〇〇七年已降至一千一百八十六公噸，每日家戶垃圾減量率已達百分之六十。多年來，台北市爲了垃圾量產的速度和四處覓尋新掩埋場的問題傷透腦筋，疲於奔命之後終於在一九九四年選定了「山豬窟」作爲新的掩埋場。但自從二〇〇〇年「垃圾費隨袋徵收」的政策實施以來，每天進場的垃圾量，已從剛開始的每天二千五百公噸以上，下降到八十公噸以下，現在甚至只剩不到六十公噸，因垃圾逐年減量的關係，讓「山豬窟」垃圾掩埋場預計的使用年限大幅延長，從原來的一九九四年用到二〇〇四年即關閉的打算，現在其壽命至少可再延長十五年，更使得原本預計設置在內湖內溝的第三垃圾掩埋場，暫時不需考慮開發。市民也不用擔心垃圾掩埋場「會蓋在我家旁邊」的問題了。這樣的優異表現，還有資源回收率超過百分之四十，讓台北市迅速變得乾淨起來，脫離了東南亞城市慣有的髒亂，更讓台北市獲得首屆亞洲廢棄物管理傑出獎的成績。這些改變固然創造了更乾淨的市容，但令人印象深刻的是，這些措施是在台灣這個民主制度仍處在教育紮根的階段就完成了，它從生活上的小地方燃起了市民的公民責任意識，這是台北市民共同的成就與驕傲！

城市創造財富

——馬英九的「內科」與「南軟」

內湖科技園區發展成今天的狀況其實是始料未及的。早先，「內湖輕工業園區」的區域，主要是基隆河截彎取直後，所形成的一塊平地。基隆河濱江街那一帶原是汽車修理廠的聚落，曾有人認爲內湖輕工業園區的成立，只是爲了解決汽車修理廠的合法性問題而已。但由於內湖的土地取得成本便宜，地理位置又接近市中心，所以引來許多高科技產業的青睞。當一些高知名度的科技業者，像是台達電進駐後，陸陸續續吸引更多不同面向的科技廠商跟進，不過那時數量還不多，約莫六百家廠商，卻足以窺見高科技園區的雛型了。很快的，馬市府就聞到這股旺盛的生機正悄悄的延燒在空氣中，他們判斷這塊地區將成爲台北市最會下金雞蛋的科學園區，開始全心注意、全力發展它。由於內湖工業園區一開始的規劃目的並非如此，相對於後來發展成科技園區的規模來說，基礎建設根本不敷使用，道路不夠寬敞、各種管路受限、先天條件嚴苛……，要打理它成爲一個高質、高效的國際級園區，絕對要從軟體、硬體上進行大手術，而市府也的確劍及履及，成立專案團隊來進行改造。這段時間，馬英九親自出馬，專案考察了三十次，與當地的廠商辦了十幾次的大型座談，仔細聆聽他們的心聲，親自將意見帶回市府匯整研究，規劃相關的管理制度、輔導與運作上的措施。

爲了吸引更多高科技人才的青睞，市府積極釋放善意，把內湖輕工業區正名爲「內湖科技園區」，營造出一個洶湧澎湃的商機與願景鼓勵業者進駐，其次是拓寬馬路、進行重整規劃，確認內科的範圍，便於制定相關的配套措施，強化輔導模式以期有效協助廠商發展，開拓市場版圖。爲打造一個更人性化的工作環境，首創「次核心產業」進駐園區的規劃。允許銀行、餐廳、創業投資（Venture capital）業者進駐，爲顧及近八萬員工的健康，連健身服務業都可有條件的進駐。已進駐的「次核心產業」也允許就地合法，但須支付回饋金，以拉平工業區跟商業區地價的差距。所以大部分內科的廠商，都能在合情合理的條件下共享就地合法化的資源，創造一個雙贏的合作契機。由於「使用者導向」理念的正向推行，從核心產業的群聚，到允許次核心產業在園區生根，市府逐步確立內科的發展模式，讓民間與市府雙雙得利。

此外，深感於科技新貴因鎮日忙於工作而缺乏交誼與感情生活，在傾聽他們的心聲之後，馬市府還扮起紅娘，與婚友聯誼社合辦烤肉交友等活動，為市政府內未婚的女性員工與科技廠商的員工間搭起鵲橋，讓男女生有更多機會相遇、相知，「執子之手，與子偕老」，為園區內的科技人才找到事業之外的生活動力。

內科是第一個由地方政府以市地重劃方式開發的工業區，再成功轉型為都會型的科技園區。原先它只是一個不到兩百公頃的地方，當園區發展達到飽和後，馬英九又開始著手發展更具前瞻性及企圖心的大內湖科學園區構想。這個計畫將大彎南段及內湖第五期重劃區等工業區都納入內科區域，擴增成五百公頃大的內科，這一部分在郝龍斌市長接任後，已大致擬定完成了都市計畫的變更。一個原本在台北市沿著基隆河堤防外一個不起眼的地方，經過短短八年的發展，卻讓許多人跌破眼鏡。許多台北市民開車經大直橋、民權大橋連接到堤頂大道時，都會驚訝的發現台北市竟有一塊新穎、先進，讓頂尖高科技廠商高密度群聚的地方。令人驚訝的，還不僅止於大樓外觀的科技感和進步的公共設施，更重要的是它的經濟發展規模。單單內科去年的營收即達到二・二九兆，超過竹科、中科與南科三個科學園區的營收總合。新竹科學園區花了二十多年才達到八千多億元的產值，內湖科技園區只花了短短三年時間，就突破上兆元的營收。此外內湖科技園區已有二千二百六十六家企業進駐，員工總人數達到八萬一千九百七十一人。

台北市政府創造商機另一個成功案例——南港軟體工業園區，則是按既定規劃誕生的金雞蛋園區。南軟位於台北市南港區的東北隅，最初是由經濟部主導，工業局負責執行推動。有別於竹科、中科、南科是由國科會策劃推動，南港軟體工業園區的設置，緣於當時的經濟部認爲國內產業結構必須調整，以跨越未來邁入二十一世紀，希望以無汙染、高附加價值的知識密集產業的智慧園區，成爲台灣經濟再向前走的「發動機」。在市政府與開發廠商努力之下，南軟園區成功吸引了國內外約二百五十家高科技廠商及近一萬五千名員工進駐。

這個以設置智慧型工業園區、建立台灣發展資訊軟體及知識密集工業爲目的，並以全球首座高科技雙網園區之無線雙網服務朝「亞太軟體中心」發展的工業園區，是和國際級知名廠商世正開發股分有限公司合作的，可說是政府的公益角色與民營企業效率結合的一種新模式，公私部門各以所長提供完善、先進之軟體發展環境，改善軟體業者競爭體質，降低經營成本，加速台灣軟體產業升級爲首要目標。這結果是令人欣喜的。而成功的過程中，台北市政府也扮演了一個重要的角色。

軟體園區鄰近學術研究重鎮中央研究院，位居台北市東區交通樞紐中心：北一、二高高速公路、高速鐵路、捷運木柵線及南港線在此交會，形成便捷的輻輳狀交通網路系統，二分鐘內可達中山高速公路及環東快速道路，與市民大道連接貫穿台北東西區，不但可串連台北市商業中心及相鄰的經貿園區，且全區光纖化、網路化，備有先進的機電通訊模組，都讓南港軟體園區贏得不少肯定。

馬英九任內巡視南軟園區也不下三十次，面對廠商們提出的問題，林林總總大概有三四百個之多！據市府統計，這些問題被帶回後，有效解決的達成率高達百分之九十六以上，從此南軟和市府的互動關係更爲親密信任。三年前，南軟的發展已經飽和，但台肥不願意再提供土地，市府就把兩塊占地約一．五公頃的市有土地拿出來，設定地上權公開招標，作爲「南港軟體園區第三期」的開發基地，規劃建設兩棟地上十六層、地下五層的純鋼骨科技辦公大樓，總樓地板面積約五萬二千坪，可租用面積四萬坪。預估可容納約一百四十家廠商、四千名員工。「南軟三期」工程大概二〇〇八年底就可以完工，令人振奮的是在三期動土的時候，四萬坪的廠辦空間就已經被有興趣的廠商搶訂光了，可見需求之強烈。

現今南港軟體工業園區的產業主要有三：半導體設計（IC design）、生物科技（bio-technology），以及產值雖比不上前兩者，但是極具發展潛力的數位內容（digital-content）。一些國際知名公司如記憶體大廠德國台灣英飛凌（Infineon）、CPU大廠超微（AMD）、日本新力（SONY）等也早早進駐南軟搶占先機。未來土地若不敷使用，市府將鼓勵廠商到正在開發中的北投士林科技園區（簡稱北科）來設廠。

南軟二〇〇六年的全年營收高達一千四百四十八億元，進駐廠商約有二百七十四家。等到第三期完工之後，將會再有一百家廠商進駐，估計每年的營收將有二千六百五十八億元。現在南港軟體園區附近，房價一坪已經漲到四十二萬了，預計完工後地價還會再漲。

馬英九曾問過一名外國的高科技廠商負責人，爲何要千里迢迢跑來台北開公司、設工廠。他的回答是「因爲我們的客戶都在這裡」。他的考量足以顯示兩個園區的產業鏈群聚效應，產生了良性的循環。如今內湖科技園區和南港軟體園區這兩隻金雞母每年合計創造的總營收超過二．四四兆新台幣，雇用了八萬五千名知識工作者，落腳的企業總部逾二十三個，包括台達電、仁寶、光寶、固網等。兩個園區的成功，也替台灣未來科技園區經營發展，奠定了一個可供依循的範例。台灣是頂尖高科技產業的輸出國，而首善之都——台北，成為台灣本土高科技企業的總部是想當然耳的事。未來，內湖科技園區將蛻變成科技性企業營運總部的群聚基地、全球電子產業運籌中心、台灣電信中心；而南軟園區則生根發展成生物科技產業，建構「一市多區」的生物科技城已不是遙不可及的夢想。規劃中內科／南軟和北投／士林園區形成的台北科技走廊，更會讓台北穩居高科技產業理想的投資城市之一。

二〇〇六年在卸任前一、二個月，當時飽受特別費屈辱的馬英九，到園區做最後一次的巡視，並向現場的廠商和員工陳述園區的開發經歷與成就時，在場人士由於深感他認真為園區打拚的付出，給予他極為熱烈的喝采和支持，正因特別費而灰頭土臉、心力交瘁的馬英九紅了眼眶，動人的氛圍，感染了全場！

城市的百年根基，來自不求掌聲的努力

——三百億丟進下水道

幾乎每個偉大的城市，都有一條美麗的河流。何其幸運的，台北市擁有兩條河：淡水河與基隆河。然而，這兩條流經首都、孕育著大台北城市文明的母河，它們的痛一直都在！發臭、骯髒、汙染，令人避之唯恐不及。這兩條河的汙染當然與都市的開發、人口的增加、水土保持的闕如，以及落後的養豬等產業有關，其中淡水河的流域較廣，牽連到的縣市較多，非中央政府出手根本無法動彈。以台北市現有的權責，所能著力的，僅有流域較短、上游較爲單純的基隆河了！整治基隆河一直以來也都成爲台北市長候選人不約而同的競選訴求。那麼，基隆河的問題到底出在哪裡？爲什麼一直不能改善？

基隆河絕大多數的汙染源來自生活廢水；它的集水區涵蓋了整個基隆市、部分台北縣及台北市。由於台北市人口密集度最高，影響基隆河水質也最深。探究基隆河的病源，加速汙水下水道建設的工程，是治本的唯一選擇。所謂汙水下水道，就是將每家每戶日常生活所排放出來的糞便、廚房及浴室洗滌汙水，以埋設在地下的密閉管線收集，輸送到汙水處理廠，去除汙染物及消毒過後，再放流到河川或海洋。

台灣地區在國民黨執政期間，雖然創造了經濟奇蹟，國民所得和對外貿易的實力也大幅提升，但大部分地方仍有許多建設卻原地踏步，和經濟起飛無法同步進行。其中汙水下水道的工程就是一例。這跟台灣地方建設，普遍要做給人民和媒體看的傳統心態有關。一般執政者對於埋在地底下，隱形而看不見形象功能的建設就會做得比較少一點。因此在台灣各大城市的下水道接管率普遍都不高，只有二成不到。儘管台北市在開放民選市長之後攀升到四成，但還是不夠。馬英九對這樣的情況特別不自在，因為完善的汙水下水道是現代化都市不可或缺的基礎建設，更是評鑑一個國家或城市是否進步的重要指標。舉凡國際級的重要都市，像是紐約、巴黎、東京的汙水下水道系統都十分完備，如果將自來水管線比喻成一個都市的「動脈」的話，那麼汙水下水道的功能就是城市的「靜脈」。

馬英九常拿自己一九九九年到法國參觀巴黎環保局的經驗來比喻自己的心情：雨果的經典之作《悲慘世界》裡有一個很重要的場景，就是發生在巴黎的地下水道。對於《悲慘世界》裡提到的下水道很有想像力的馬英九說，他以前就一直很想親眼看看尚萬強（Jean Valjean）背著馬里歐（Marius）走過的陰暗水道，更想看看「埋葬人性善與惡的迷宮墳場」究竟長什麼模樣。可是當他眞正走進那全世界唯一可供參觀的地下「給排水系統」時，雨果所說的那個「充滿汙穢、臭氣熏天和渾身濕漉漉到處亂跑的老鼠」的下水道不見了，取而代之的是光鮮明亮、乾淨整潔，偶而還會出現「紀念品商店」的巴黎下水道，以及用實物和照片所構成的「下水道博物館」展覽長廊。看到巴黎市政府將下水道規劃成熱門旅遊景點，實在不得不佩服這座城市的偉大與宏觀。遙想一百多年前，雨果在小說中寫道：「在我們這個世紀，巴黎下水道仍是一個神祕的場所。如果知道城市的下面是座可怕的巨大地窖，巴黎將會感到惶恐不安。」很顯然的，一百多年後，那個悲慘的世界已經消失，取而代之的是一項偉大的工程，也是法國獨特藝術與文化的混合體。《悲慘世界》所展現出的文學重要性不僅穿透時空，連帶的也讓巴黎市的下水道擁有了獨特的人文情懷，同時也讓巴黎的文化氣息從地面延續到地底，這是多麼令人不可思議的事。更叫馬英九印象深刻的是，他看到巴黎下水道博物館印送的折頁，居然就用《悲慘世界》的版畫作爲封面，這眞是「化負面爲正面」的代表作。

這個國際性的大城市，在百年前就規劃出全備完善，並發展成寬闊而宏偉的下水道工程。就像倫敦在百年前就發展出周延的地鐵系統一般，這些基礎建設、基礎工程，就像是城市發展的必修課，是沒辦法迴避的任務；越早完成，成本越低，越能讓人民提前享受到城市進化的便利。

過去在台北市中心區的大街小巷，還看得到化糞池和清洗化糞池的水肥車，現在幾乎消聲匿跡了。淡水河和基隆河最大的汙染源，就是下水道的汙染。而這些汙染源因爲隨著台北市的普設下水道建設做得較周延，因而受到比較好的控制。尤其是基隆河，全長八十六‧四公里，流域面積廣達四百九十一平方公里，上游還算乾淨，而中下游因其流域大都在台北市管轄區內，受惠於台北市較高的下水道接管率，所以汙染程度已從嚴重等級降爲中等，現在，在台北市的基隆河畔，已經可以發展市民的河邊親水休閒設施，每年的端午龍舟競渡和國際泛舟錦標賽，就是在基隆河流域上進行的。

然而，淡水河就不一樣了。由於淡水河是跨縣市河川，整治的權責機關是行政院而不是台北市政府，前行政院長謝長廷常批評台北市沒有把淡水河治好，這實在是不公平、又惡人先告狀的說法，因爲淡水河的主管機關就是行政院，身爲行政院的最高首長卻為了政黨鬥爭，把淡水河的整治之責推給特定地方政府，實在讓人搖頭。況且，若從汙染源分析，淡水河有百分之八十八的汙染源是來自台北縣，由於前縣長尤清及蘇貞昌主政北縣時不重視下水道建設，導致大量的家庭廢水流入淡水河。相對的在台北市下水道接管率則持續提高，迪化汙水處理廠興建完成後，一天可以處理五十萬噸的汙水，不必再把台北市的汙水送到八里汙水廠去處理。汙染源在台北市只占百分之十二，可見台北市已很努力地在減少對淡水河的汙染了。

在任內，馬英九一共動用了三百億的工程預算來普設下水道。三百億不是個小數目，所以要做出決定編這項預算並不是那麼容易，不但要打破「地下建設，成果看不見」的取巧心理，另一個障礙則是施工必須開挖道路及後巷，會引來民怨，確實是吃力不討好。但馬英九相信：一套完善的都市汙水處理系統，影響的層面包含了「環保」、「公共衛生」、「水資源開發」、「都市生活品質」等多項課題，對台北市的脫胎換骨影響深遠，這也是為什麼他要在台北市長任內投注大量的資源在汙水下水道系統的建置。在八年的市長任期內，馬英九將台北市的汙水下水道主幹管全部安裝完畢，完成總體規劃長度的百分之八十四，用戶接管普及率也從百分之四一．〇六提升到百分之八三．一，成長了百分之四十一，等於是每年增加五個百分點以上。汙水處理率更高達百分之八三．

七六，如將汙水截流也計算在內，早就超過九成以上。不但是國內第一，也接近世界先進城市的水平。

要了解汙水處理率近百分之八十四的數字是怎麼來的，就要先了解國內對下水道接管率和汙水處理的計算公式。汙水下水道的計畫接管率，是依據營建署的標準計算的，全國各縣市均採這個標準計算接管率，但由於實際門牌數通常高於營建署的估算數字（每四人計算成一門牌數），因此，包括台北市在內各縣市的接管率均有被高估的現象。但因爲許多縣市根本沒有做門牌統計，故也只能依營建署的數字作爲統計基準。台北市每一季都有實際門牌數統計，因此台北市在公布下水道接管率時，兩種核算數字都會公布。若以內政部營建署的算法：每一戶家庭平均是以四人來計算，如果一個城市已接管四十萬戶的下水道，等於是造福了一百六十萬的人口，再用造福人數除以城市的設籍總人口數，得出的百分比就是所謂的下水道接管率了。台北市百分之八三．一的接管處理率是依營建署的公定算法而來。若以實際台北市平均每戶不到四人來計算下水道接管率和汙水處理率的話，接管四十萬戶其接管率也非常接近百分之六十；高雄市如果以營建署的公定算法來計用戶地下接管普及率的話是百分之四十；如以實際戶數人均數換算的話，高雄市則爲百分之二十，因此不管採用哪一種計算公式，台北市遙遙領先台灣各城市是無庸置疑的。

普設下水道和整治基隆河工程，不是一個有趣的話題，不會天天上報，它也不是個立竿見影的工程建設，更不會有人天天去注意這件事情的連續性發展。但是，它卻是個眞正在你我實際生活中點點滴滴累積出效果的事，逐步實質改善了市民的生活環境和品質。它的功效是內藏的不是外放的，它的影響是長久的不是一時的，它是城市建設工程的必修，但不譁眾取寵，這樣的特質，是非常接近馬英九的施政理念和人格特質的。台北市的汙水下水道有一天一定也會超過一百年，或許，馬英九希望有一天，這百年的北市下水道會比巴黎的下水道更爲人稱道。

工程與管理的完美結合

——和馬英九一樣龜毛的捷運系統

捷運是一個城市的交通動脈，帶著每一位市民流竄在城市的每一個角落，上演著形形色色的車廂風景。上下班尖峰時間，捷運進站，門開門關，一波波的人潮魚貫而來，找到自己的方位後，繼續運轉入下一個目的地。腳步急速，摩肩擦踵，台北的捷運和倫敦、東京、巴黎的場景一樣，不同的是台北的地鐵更準時，更乾淨。台北捷運比起世界主要城市毫不遜色。在台北生活，有捷運是件很幸福的事！

這幾年，台北的捷運系統成長之快，儼然已經成爲台北市民生活極重要的一部分。從規劃到開工到營運，中央政府、黃大洲前市長、陳水扁前市長均功不可沒，而馬英九把捷運系統從他剛上任時一天不到十七萬人次，拓展到目前每一天都有一百一十萬人次的載運量，則幾乎讓市民把他的市政建設成績和捷運等同在一起。台北捷運從開始營運到目前的總運量已超過二十五億人次，這麼龐大的載運量沒有好的工程與管理品質是不可能辦到的。

捷運系統的經費原主要仰賴中央，但落實經營管理並展現執行能力，當然還是由市政府的捷運工程局和台北捷運公司來掌舵。捷運工程局負責捷運工程的規劃和建造，捷運公司負責營運和管理。兩機構相輔相成的績效，正足以代表市府現代化的精神和執行效率。目前大台北地區已完成了七條捷運路線，總長七十四・七公里。其中馬市長任內完工五條捷運，另外還動工五條，規劃七條。而一直停留在高運量或中運量爭議的捷運內湖線，終於在馬市長任內拍板定案，決定採取中運量高架興建，並銜接木柵線讓這條捷運貫穿台北市區。捷運初期路網至此全部底定，包括新莊線、蘆洲線、信義線也陸續動工，松山線、機場線的三重至台北段也開始進行相關工作；捷運第三階段計畫也正在積極規劃推動，其中包括土城線延伸頂埔段、信義線東延段、萬大中和樹林線、社子士林北投區域輕軌路網、安坑線、三鶯線、環狀線第二階段及民生汐止線與北市東側地區南北線等路線，捷運工程建設眞可說是「馬」不停蹄。

但是捷運絕對是一種坐起來舒服，建造卻十分痛苦的工程，不但施工技術複雜，還會面臨各種已知未知的困難。其中尤以內湖線面臨的挑戰最多，困難重重，完全出乎預料。由於內湖地區地下管線複雜、古舊而不可考，先前土質評估錯誤，加上在康寧路三段的壓力箱還不得在防汛期施工，致每年有七個月的期是完全無法施作等因素，造成工程進度一度落後。儘管如此，捷運工程局仍排除萬難，在不眠不休的趕工後，終於趕上進度。松山機場到內湖劍南路站的第一階段工程已在二〇〇七年十二月二十四日正式通電，預備可在二〇〇九年六月正式啓動。內湖線通車後，宣告台北捷運系統將正式進入環狀式運輸的新捷運期；屆時通車後的內湖線將與木柵線直通營運，連結內湖及文山區的木柵，屬「東環段」，也統稱台北市「捷運南北線」，不只給民眾帶來方便，也會帶來無限商機。事實上，內湖這幾年發展之迅速，除都市重劃、東湖聯外道路通車、內湖科技園區的電子產業進駐等因素，最主要因素無非就是託興建中的內湖捷運線之福。尤其每當一個地區要興建捷運，房價就蠢蠢欲動。台北市地政處已公告九十七年度內湖土地現值漲幅達百分之九．〇二，爲全台北市各區之冠。預料通車後還會有最後一波的飆漲空間。從內湖房價氣勢如虹的漲勢現象，不難看出一條捷運系統的開通，對當地居民的生活品質影響何其之大！

一般乘客總是在捷運完工、開始啓用時才接觸到這個系統，因此，台北捷運公司的營運績效更是有目共睹！爲什麼絕大數在台北生活的人選擇以捷運爲代步工具？那當然是來自他搭乘捷運時種種美好的經驗和感受——迅速（沒有紅燈）、準時（不塞車）、安全、乾淨，而且服務親切。這些經驗不會憑空而來，必須依賴專業團隊的經營管理，而台北市民也以文明守法、井然有序的態度，充分展露出一個先進國家高水平的市民素質，來共同創造捷運空間給人的美好印象。曾有一陣子，大家相互逗趣地表示：搭乘台北捷運時就好像是在國外先進城市旅行一樣，等出了捷運站，冒出地表後才又回到印象中的台北。不過，如今捷運的發展，早已顚覆了大家印象中的台北。捷運不但剷除了台北的交通噩夢，也讓今天的台北昂首闊步，跟世界先進城市文明併進，甚至比先進城市表現更爲優質。台北市的捷運系統已連續在二〇〇四到二〇〇六，三年獲得倫敦帝國大學 Nova 都會鐵路標竿聯會（Nova Urban Railway Benchmarking Group，簡稱 Nova）選爲全球二十五個捷運系統中最可靠的捷運系統（台北捷運公司自二〇〇二年加入）。不像倫敦、紐約地鐵，老舊不堪，不準時、又顚簸，有些地方在搭乘時還會有擁擠、不安全感。在台北搭乘捷運，是完全放心、安心而賞心悅目的最可靠運輸工具！

Nova 機構評定捷運的可靠度算法，是以每兩件事故（延誤五分鐘以上）之間已運行的車廂公里數來評鑑，即每發生一次事件平均已行駛過的車廂公里數，平均車廂公里數愈高表示系統愈可靠。依據 Nova 及 CoMET 重要績效指標（KPI）資料，台北捷運在二〇〇四年延誤行車事件三十四次，每兩事件間之車廂公里數達一百五十萬八千車廂公里，等於是一個車廂要開過一百五十萬八千公里，才會發生一次事故。所以在 Nova 機構的評鑑上台北市一下子就竄到了第一名，遙遙領先其他國家。也比可靠度排名第二名的香港廣九鐵路系統七十餘萬車廂公里多了約一倍。二〇〇五年台北捷運再創新高達一百八十萬九千車廂公里。緊追在後的香港地鐵爲深入瞭解台北捷運系統的卓越成就，曾組團到台北進行「可靠度標竿」考察之旅。二〇〇六年台北捷運的可靠度爲一百七十五萬二千車廂公里，仍蟬聯世界第一；二〇〇七年到十一月一日止，台北捷運公司每兩事件間之車廂公里數爲一百七十八萬二千車廂公里，代表著台北捷運系統安全品質及服務水準已達顛峰。

事實上，捷運系統在城市的功能與作用，遠遠超過交通上的運輸意義；它不只改變了台北市民的生活習慣、生活動線、生活經驗及生活文化。捷運沿線上的土地也發展活絡，商店集中、房價飆漲；捷運沿線周邊所形成的各式商圈，無形中凝聚也拉近了市民間彼此的關係。根據馬英九卸任後的統計，台北市搭乘捷運的總人口數，已將超過全台北市三百一十條公車路線的搭乘總人口數，成爲市民大眾最仰賴的運輸工具。不僅如此，捷運工程局與捷運公司的能力和經驗，也深獲其他縣市的信賴，台北縣政府便將台北縣的捷運系統也全權委託這二個機構來負責。目前通過台北縣的幾條捷運線如板橋、土城線等也都迅速改變了當地的市容街廓，創造數倍於往常的商機。捷運系統大量縮短了通勤族的通勤時間，讓許多人不再依靠會排放廢氣汙染的汽機車作爲交通工具。也因此，台北市的空氣大幅改善，汽車成長率也已萎縮爲全台最低；通常這現象，只有在極端先進的城市才會發生；這似乎也間接印證了台北捷運系統，已經讓台北市躍升爲國際城市的資優生了。

市區生活領域的擴大

——環城快速道路系統建設

在台北，幽靜的山林緊鄰著歡樂的鬧區；繁華的商圈緊鄰著懷舊的老街；舒適的溫泉緊鄰著方便的捷運；台北風景線隨著城市的流動，越來越容易讓人在短時間內大量瀏覽。在城郊之間行動變快了，大家享受當「城市遊俠」，這除了拜捷運之賜外，改變市容肌理和紋路的快速道路系統也功不可沒！

在直追偉大城市的基本建設裡，除了捷運外，若要滿足視時間爲金錢的都會人的需求，便要提供大量、方便、省時的，能快速運送人群，疏導交通的城市建設，快速道路系統的建設就是這種特效藥。馬市長任內成功完成的環城快速道路系統，包括天母大直的環東快速道路，以西北區爲主的洲美快速道路，以南區爲主的信義快速道路，以東北區爲主的，直接打通內湖與東湖的康湖路隧道。

從環東基河快速道路完工後，台北市東西向快速道路系統網絡也更加完整。從天母上快速道路後，一路飆上環東大道直抵內湖、南港，離峰時間可說是馬力加足、一路青雲，如同拉開的帳子向左右延伸，直到汐止，疏解了市區東西向主要幹道的交通壓力，也爲南港經貿園區開發後所產生的交通大呑吐量，提供了一條都會區連外運輸孔道，爲尖峰期的車輛找到即時疏散的管道，也促成台北市相關區域的發展與繁榮。洲美快速道路系統是屬於環西快速道路向北的延伸線。從二〇〇二年十二月二十四日通車後，不論你想到關渡賞鳥、淡水看日落或到北投洗溫泉，都不用再繞道士林、北投，直接開上洲美快速道路，就可一路飛馳到大度路和大業路，之後，關渡、北投就在不遠處，眞的省下不少行車的時間和怨氣。而二〇〇五年通車的「信義快速道路」是連接北二高台北聯絡道與信義計畫區的北二高信義支線，通車後可大幅縮短文山、信義兩區行車時間，從木柵動物園到台北一〇一大樓只要短短四分鐘而已。另外「康湖路」之「東湖地區聯外山區線道路工程」並不是一條快速道路，而是一個隧道系統；全線長一千八百七十五公尺，路寬只有十三公尺，而且山洞一個接一個，整個路段將近一半以上都是少見甚至有趣的隧道建築，讓駕駛人有看不完的驚奇風景。完工後的「康湖路」提供了東湖地區的人一條通往內湖成功路之捷徑，分散了進入東湖的車流，減緩當地及汐止地區上下班交通尖峰時間壅塞的苦難，疏解車流的疲累。並與捷運內湖線形成接駁路網，大大提高交通效能，給東湖地區一條新的生命活水。這些環繞台北的快速道路系統在大家的引頸鵠盼下如期完成，讓台北的生活圈一夕改變；像不著陸的飛行一樣，沒有紅綠燈，也沒交通阻塞，節省市區與郊區的間距和時距，帶來了近山近海、市郊緊鄰方便的生活樣貌。

在台北居住了十八年，目前在台擔任翻譯和文化交流工作，也是台灣鐵人三項國家代表隊總教練的美國人T君，他對台北市環城道路系統的完工感觸良多。在一次「異鄉人在台北」的座談會上，他提到了自己幾年前要去新店、木柵或內湖都得要花上一小時以上的車程，而現在卻只要短短十幾分鐘就可以輕鬆到達目的地；在世界許多重要城市都住過的旅行作家H女士曾說：「平心而論，在一個擁有兩、三百萬人口的城市裡開車，我還找不到比在台北還更迅速、流暢的，更何況台北市還是一個地狹人稠、多山多水的地方，如果你沒體驗過倫敦、巴黎、洛杉磯、曼谷、北京和上海的塞車，你就無法體會在台北開車是多幸運的事。」

台北市的快速道路系統已經改變了市容的肌理與紋路，把台北市的核心區域變成了行人徒步區，把台北郊區變成了鬧區，這個交通革命所帶來的台北生活巨量的質變，不但讓台北市民也讓外國人、出國遊子領略到活在台北得天獨厚的一面。

以文化領導華人城市
——文化建設與活動

「有形」的工程建設，只能使城市「變大」，唯有「無形」的文化建設，才能使城市變「偉大」。這是馬英九市長的名言之一。受西化教育啓迪甚深的馬市長對文化資產的保存和發揚相當看重，沒有文化就沒有內涵，人和都市都一樣。

台北是一座因爲「人」而存在的城市，雖然市容街廓比不上世界名城精采，個中累積的人文精神與文化卻不容小覷。重視文化，就是以「人本」的觀念去推動市政建設。文化是市民品質的整體展現，只有一流品質的市民，才可能創造一流品質的城市。而文化更是檢視一個都市進步與否的主要指標，尤其台北是首善之都，擁有的文化資源與運作經驗，包括藝文工作者、展演場所與藝文活動，都比其他縣市甚至其他華人城市要多，這是台北市原本就有的優勢，當然要妥善運用。加上目前世界潮流的走向，就是以「城市文化」的多彩多姿，和國際進行交流，向世界推銷城市與國家的形象。因此馬英九的施政重點不只擺在工程建設上，深耕文化資產更是他念茲在茲的城市建設的指環。

對許多文化人來講，台北市的文化建設才是馬英九最值得誇口的市政成績。只是一般人或媒體從不會關心或注意到這個可貴的事實。在上任不到九個月內，他就成立了「文化局」，這是全國第一個專責文化行政機關，也是華文世界裡第一個專責文化行政的機構。爲落實「開創與傳承」的文化理念，馬英九特別風塵僕僕遠赴德國，用三顧茅廬的誠心，邀請形象和學養都耀眼的人文作家龍應台女士出任首屆的文化局局長。而龍應台也不負所託，接受重任後，立刻以旋風式的鐵腕大力改革，短時內就讓文化局交出一張張亮眼的成績單，開展出全新的文化風貌與世界接軌。台北市也因文化局的設立，每個月都有多達一千多項的展演活動，這是全球華人城市中，文化活動最頻繁的一個城市。

龍應台從歷史的高度、文化的厚度，來思考台北市的文化建設，在她任內的幾個施政重點都很不錯，就硬體方面來說，最明顯的就是「古蹟活化」。她翻修了一些極具代表性的古老建築，幾個重量級的文化資產地標，這項政策的仙女棒輕輕一揮，塵封的老舊風貌，就蛻變成了台北市最具人氣的新文化資產，或台北市推廣文化活動的重要舞台。像是中山堂、紅樓劇場的翻修、社教館旁的城市舞台、舊市府搖身一變成了風華絕代的當代藝術館、舊美國大使館與官邸也改頭換面成了五光十色霓虹燈下的「台北之家」，輪番上演著一齣齣電影文化潮汐的歷史，而位於台北美術館旁，異國風味十足的都鐸式建築——黃國書住宅也改裝爲台北故事館，此外又重修錢穆故居——「素書樓」及「林語堂紀念館」，活化過往文人的書卷風流供人憑弔，更把蔣介石的草山行館以嶄新面目重現市民眼前。讓台北許多有歷史價值的建築重生、發光，讓文化的風情綽約，深植在每個台北人的生活，不但慢慢的打開市民的美學素養和眼界，更把文化美學的教育，一點一滴的透過生活溶解在這座城市裡，讓台北多了點現代的人文風情，少了點市儈。

文化局主導的文化改革，還緊密結合了民間企業的力量，特別是在參與活化古蹟的行動上。因此文化局修繕整建古蹟的經費都是從外面募來的，類似的業務大部分都沒有動用到市府的預算。充分還原「文化來自民間」、「由下而上」的文化精神。像台積電的董事長張忠謀大手筆捐贈六千萬，把前美國駐華大使的官邸打造成美侖美奐的「光點台北」；熱愛藝術的廣達電腦公司董事長林百里先生也捐贈兩千萬，將養工處和捷運公司閒置的辦公大樓換一張臉，成爲台北市第一個「國際藝術村」（Taipei Artist Village），用來接待國內外的駐市藝術家；「台北故事館」則找到陳國慈律師來掌門，把晚清台北茶商陳朝駿起造的歐式洋樓，經營到每年有二十多萬人造訪，成爲台北觀光景點中「深度旅遊」的典範。「市長官邸咖啡屋」在陳水扁市長任內改爲藝文場所，委外經營，但一直租不出去。龍應台來了之後，很快就發包出去。承辦的中國時報由於經營得法，不但創造了市中心一處幽靜的藝文咖啡館。白先勇、陳之藩都曾在此演講，場場爆滿，人聲鼎沸。

文化局更把國外行之有年的街頭藝人帶進台北，讓台北成爲第一個擁有大量的、長期性的街頭表演的舞台，這些獲得執照且被妥善管理的街頭藝人讓台北市多了浪漫和五彩繽紛的氛圍。此外，文化局更首創台北國際詩歌節、兒童藝術節、漢字文化節等重要節慶活動，這些在華人城市裡頭都是引領風騷，有著顯著標竿性的地位；台北市民豐富的文化底蘊鼓舞了活動的主辦者，激發了藝術家的勇氣和靈感，這樣的城市文化活力，讓鄰近的香港、新加坡、北京、上海，甚至日本、韓國都刮目相看。其中極具指標性的活動是台北電影節的舉辦，這個電影愛好者的盛會自創辦以來規模年年擴大，到了二〇〇五年廖咸浩接任局長時，票房更直逼千萬大關。一個以強調藝術電影爲主的台北電影節，其參與人數竟然還超越以商業電影掛帥的金馬獎國際影展，這在其他國家一定是十分罕見的現象。國際知名的電影雜誌《Screen》因此還特別介紹，視「台北電影節」爲華人世界重要的影展之一。

馬英九治理台北期間，文化活動不斷，文化創意層出不窮，還有一個叫做「文化就在巷子裡」的活動，就是要讓平常沒有管道，沒有時間接觸精緻藝術的街坊鄰居，可以免費在社區內就看到高水準的藝文表演，也能領略台北市多采多姿的文化和傳統。在這一連串的活動當中有很多戲劇作品，都是膾炙人口的地方戲曲，加上劇團不斷投入創新的元素，讓老戲新妝，也多了新的文化風貌。

在龍應台卸任局長職務時，台北市民早已習慣了太陽下生活中每天都要有許許多多的文化活動和展演，文化藝術好像已經不知不覺的爬進了台北人的日常經驗裡，窩在那裡等著發芽呢。藉由文化局的創立，馬英九把台北市的文化生活帶入了新的時代，廖咸浩接龍應台擔任局長後也做得一樣稱職，並擴大文化生根的戰果，像他提出的「育藝深遠」專案就是很卓越的市政構想。

「育藝深遠」是一個文化願景的具體執行計畫，主要目的是擴增文化消費人口。如果我們從小就涵養孩子們的人文素養，在像「育藝深遠」一類的課程中為學童埋下藝術種子，未來一定有更多機會、更大可能冒出一個莫札特或是畢卡索級的藝術家。若能讓孩子從小就有文化美學的訓練，或許台北的街頭就有更多朱銘的作品或貝聿銘的建築，了解美學，幫助我們的孩子更有文明，在日常生活中潛移默化的美感經驗，會啓蒙孩子的創造及鑑賞力，未來的主人翁才能脫去粗鄙與膚淺，展現不一樣的氣度和創造力，台灣也會更有競爭性。即便我們現在沒有看到台灣的莫札特、畢卡索，至少我們的教育能五育均衡，讓孩子們可以昂首闊步，讓台灣的教育眞正的朝「以人爲本」的方向邁進。

文化局與台北市教育局合作「育藝深遠」方案，從二〇〇七年的九月起，計畫讓台北市公私立國小學童在畢業前，都可免費前往美術館、音樂廳等專業藝文場所，享受美術、戲劇、交響樂和傳統音樂等藝術的薰陶。目前的規劃是小三參觀美術館，小四觀賞小劇場、小五認識西洋樂器，小六認識國樂。由各級任老師、美術或音樂老師帶領學童前往美術館、中山堂中正廳、社教館城市舞台等專業藝文場所，體驗藝文展演活動的洗禮。

馬英九對文化的熱心，特別是對本土文化的關心是出自內心的，不僅對歌仔戲、布袋戲等台灣傳統戲曲和廟宇文化非常重視。也一直留心著「北大同生活文化圈」都市更新的工作進度。他在任內親自擔任專案小組召集人，坐鎮掌握文化園區的進度，不但大力整合發展局、文化局、教育局及工務局等相關計畫，更卯足勁來推動當地更新計畫，力邀地方仕紳、學者專家參與討論，推動「北大同藝文軸帶」的形塑，營造大同區貫串古今的社區意象。目前孔廟與保安宮已活化再生，爲了重振「十步一秀，百步一舉」美譽的大龍峒光榮記憶，更以孔廟和保安宮作爲核心，整合「廟、學、宮」成立大龍峒文化園區，再將蘭州派出所規劃爲六藝廣場，同時爲了呼應整體開放空間的設計，將孔廟大龍街兩側紅牆降低，廣場的地面重新鋪設，庭園植栽綠色步道，保留老樹。如今，孔廟及保安宮兩地獨特的歷史人文景觀與傳統空間特色再度甦醒，直接帶動北大同區的都市更新與觀光效益，尤其每年農曆三月起結合宗教祝聖活動與民俗藝術，辦理爲期二個月、極富宗教文化新風貌的「保生文化祭」活動，將繞境踩街、藝陣表演、民間劇場——家姓戲、保生大帝祝聖祭典、放火獅和過火等古老習俗一一忠實復原、保存，使它成爲北台灣最盛大、最熱鬧，人氣最旺的廟會活動之一，每年總是吸引國內外大批觀光人潮，是文化與觀光產業結盟的另一成功案例。

保安宮也在馬英九任內，於二〇〇三年以「文化」建設成果重返聯合國。獲得聯合國教科文組織（UNESCO）「亞太文化資產保存獎」。

在馬英九的重視並主動提出構想之下，孔廟的祭典文化也在傳承中持續更新。爲了讓祭祀內容能與台灣的地方歷史記憶更加吻合，與現代生活文化更緊密聯結，台北市政府重擬了「台北市孔廟崇文祠及弘道祠入祀要點」草案，對逝世五十年以上，曾爲台北市民或對台北市有貢獻的傑出教育家，或曾發揚傳統學術文化有功者都可入祀崇文祠，對德行足堪社會表率，或具經世濟民有功者也可一同入祀弘道祠。二〇〇七年九月二十八日馬市長擔任主祭時，首度舉辦台灣先賢先儒弘道祠入祀事宜，萬華學海書院創辦人陳維英老師成爲八十年來首位入祀者。

另外還有一項與市民休閒文化生活息息相關的文化建設，則是觀光傳播局的設立。

馬英九認爲觀光資源與產業的推展，是再造台灣經濟成長的重要策略之一。而台北的產業結構與發展趨勢，在週休二日國人休閒型態逐漸改變之際，也漸漸朝文化創意和觀光休閒傾斜，文化資源與產業動力的接軌將會是台北市未來重要發展活力的來源之一。具有人文藝術、自然地理、古蹟建築、休閒遊憩及現代摩登等城市資源的台北，更須藉由觀光的推展來傳播台北市包羅萬象的城市魅力，進行多元風貌的城市行銷！在台北市觀光委員會提出建議之後，他便積極的規劃觀光專責機構，在不增加市府現有的局處數量的考量下，他考察了一些和觀光業務比較有關連的單位，例如交通局、文化局等，最後決定由最具城市行銷能力與宣傳資源的新聞處主政，合併了市府其他觀光業務單位，於二〇〇七年九月十一日正式成立觀光專責機關──「台北市政府觀光傳播局」。這個新改組的機構以「吸引國際觀光客，提高國際能見度」、「促進觀光產業升級，提升旅遊品質，保障消費者權益」、「增加與民間合作機會，活絡台北旅遊市場，創造觀光相關產業商機」、「促進縣市合作，增加區域競爭力」及「培植特色觀光圈，協助重點推廣」爲五大施政主軸，來創造台北市的城市附加價值，實現馬市長市政觀光白皮書中的主要構想。

休閒觀光政策相對於其他重要民生經濟政策，似乎不是那麼有迫切性與基礎性，但是它牽涉到最多資源整合、價值創造與文化創意的問題，最能檢驗出一個執政團隊是否善用資源、靈活應變，是否能掌握到消費者的心意與消費趨勢等能力。論到休閒觀光，台北市當然擁有全台灣最優勢的資源，也一直吸引著全台灣最多的遊客，但是與國際競爭者相較，過去的執政者在政策配合、資源開發與包裝行銷上是遠遠落後的。在這之前，馬英九已經做了許多努力：把新聞處的業務方向一直往城市行銷上調整，自己帶頭，向國際來推銷台北；和國際知名的旅遊出版社 Insight Guides 合作，出版了英文版的台北導覽；在經費拮据的狀況下整修了四十多條登山步道，讓台北市民成爲最能輕易享用到山林之美的城市居民；修建全長一百三十二公里的台北河岸城市自行車道——也是自己身先士卒、帶頭推廣，讓騎單車在短短數年內，成爲全台最夯的休閒運動。到目前爲止，光在台北市就有超過一百二十萬人次使用河岸單車道來逍遙遊，風裡來河邊去，穿梭自在，好不神氣。

親水河岸公園和藍色公路也都經營得有聲有色，在其他縣市各式的藍色公路幾乎都慘澹經營、面臨停擺之際，唯有台北市的休閒遊艇業者仍欣欣向榮。「大河之戀皇后號」的開航，更將台北的藍色公路帶向新的里程碑。在皇后號正式下水服役前，在淡水河上跑的是「藍天一號」，基隆河則有「台北之星」，它們的載客量比較少，反映出經營規模也比較小。當號稱有如美國密西西比河觀光遊輪的「大河之戀皇后號」在碧波中展現綽約風姿時，也把整個淡水河沿岸觀光產業帶進商機無限的大海中，在二〇〇五年當年就有四千三百八十一人登上這座全台最大的遊輪，令人對她充滿期待。

在一份二〇〇五年台北市政府新聞處推出的廣告上，打出了這樣的主題：「在台北市不可不做的十二件事」，它大致包括了：

・到市府廣場參加跨年晚會，參加藝術節或看各種表演

・到信義特區的百貨商圈逛夜光空中走廊

・到藍色公路坐船看煙火和內湖科技園區
・到龍山寺和大稻埕瀏覽老城區
・到竹子湖吃野菜、買海芋
・到西門町行人徒步區去人擠人
・吃碗台北市著名的牛肉麵
・到士林逛夜市吃花枝羹
・到一〇一大樓鳥瞰台北盆地
・到貓空喝茶坐纜車
・到美麗華坐摩天輪
・到北投陽明山泡溫泉看夜景

這看似觀光指南的描述，其實也代表了馬英九某種台北生活理想的雛形。

愛運動的台北

——社區運動中心與大小「巨蛋」

過去有一段時間，台灣政壇或商界流行以小白球會友，許多國家大事都是在小白球的滾動中被決定。當時，台灣許多政府要員也風靡高爾夫球，媒體報端的標題都是小白球上的交流，一時間，整個台灣的休閒運動型態朝名流階級大幅傾斜，社會風氣瀰漫著矯揉的貴氣。曾幾何時，高爾夫的新聞在台北甚至台灣消失了，改成慢跑，游泳，騎車大家一起來運動。這樣的改變，可能是由於經濟不景氣，可能是生態環保觀念抬頭，可能也有「馬英九元素」。

馬英九熱愛運動幾乎是全民周知的，特別是平民化的運動。他並沒禁止或暗示過反對高爾夫球運動，只是一直持續著自己喜愛的運動形式，久而久之卻影響了他的市府首長同仁，漸漸更形塑了他底下七八萬市府員工特有的企業文化，這個全台灣最健康的執政團隊進而創造了台北市欣欣向榮的新運動休閒風氣。

不善交際也不喜交際的馬英九唯一的休閒與嗜好大概就是運動了。他常說運動可以紓壓減壓、促進思考、保持最佳狀態而且眞能帶給他快樂，是十足的運動迷。他有自己偏好的運動，大家都知道的就是慢跑和游泳。他慢跑的歷史很長，幾乎成了他的註冊商標。但很多人不知道，眞正讓馬英九養成跑步的習慣，其實是起源於一次運動傷害。一九七四年，一次排球比賽，馬英九扭傷了右腳膝蓋，把半月板拉裂了，後來在美國紐約大學念書的時候，還動手術把受傷的軟骨切除，之後醫生便要求馬英九用跑步來做復健，自此開啓了他的慢跑運動史。後來雖多次被醫生警告不能再慢跑以免舊疾復發，他還是沒放棄，但是也因此開始轉向游泳運動。每天大清早的晨泳，漸漸也成爲是他重要的生活習慣。後來更加上單車運動，並多次參加游泳、單車、長跑三合一的鐵人三項競賽。單車不止是一種強心強身的運動，也是常在公務緊繃生活中的馬英九，讓心情做自由放逐的時刻。他曾多次與市府官員騎鐵馬馳騁在台北市或其他鄉郊野外，讓刻板的行政生活多一點浪漫與調劑。其中一次還在一天之內騎了一百多公里，幾乎讓所有的市府首長們個個人仰馬翻卻也樂此不疲。馬英九的核心工作伙伴，也都是臥虎藏龍的運動好手。眾所周知，副市長金溥聰便是慢跑和鐵人三項運動的熱愛者，無論公務多麼疲累繁忙，都擋不住他抽空來到花蓮、南投參加鐵人三項比賽，而且是持之以恆，欲罷不能。另外一位副市長，醫界菁英的葉金川也是酷愛運動的好手，二〇〇六年農曆新春，馬英九邀集了市府一級首長上七星山走春，大夥相約在七星山腳下的冷水坑集合。一早，其他首長都搭車準時到達冷水坑停車場，只有副座葉金川是從陽明山腳下一路騎單車到冷水坑來會合，克服多處陡斜山路不說，一抵達後便臉不紅氣不喘，丟下腳踏車跟大家進行像急行軍一樣的登山活動；其耐操耐勞的體能，讓全場驚爲天人。葉金川在加入北市府團隊前，原本是以登山或跑步當作休閒運動，他是在金溥聰等愛好三鐵運動的朋友力邀下才開始熱衷游泳、自行車、跑步的鐵人三項運動，並開始了他和腳踏車緣定三生的情緣。當年葉金川辭官投入市長初選時，市府團隊以鐵馬十八相送的畫面，迄今仍讓人記憶深刻。原任祕書長後來也是副市長的陳裕璋，更是登山健行高手，他人高馬大，爬山時總是一馬當先，如履平地，讓人追之不及。馬英九的祕書長李述德與女性幕僚副祕書長劉寶貴，也都是在這樣的團隊文化下逐漸練就一身好本領，成了慢跑高手。

馬英九推廣健康的體育活動，不只以身作則，更表現在施政作爲上。其中最鮮明的成就，就是他撥出大筆預算，建設社區市民運動中心以及在台北市中小學裡廣建溫水游泳池。他致力推廣冬泳概念，從學校開始，將游泳變成了全年無休的常態運動；在八年市長任內一共建了八十個游泳池，一半是新建，一半是改建，改建就是把原本在室外的冷水池改成室內溫水池。台北市政府管轄下的學校溫水和普通游泳池數量幾乎就占了全台灣的四分之一，達百分之二十四強。

還有一項運動設施，是開始時大家都比較沒有注意到，但到後來卻變成台北市民的最愛，那就是社區市民運動中心。馬英九鑑於一般國民平均體能狀態日趨下降，運動與休閒之空間不論質與量均嚴重不足，坊間的運動中心良莠不齊且收費不低，非一般平民能消費得起，興起了蓋健身房的念頭。經評估後他決定在台北市的十二個行政區都興建一至二座運動中心，引導市民就近運動，培養良好之健身習慣，以達到強化市民體能的目標。他構想中的運動中心是應有盡有，盡善盡美的五星級「體適能中心」；目前台北市已經有五座運動中心完工啓用，包括中山區、北投區、中正區、南港區、萬華區等運動中心。若含目前已完工在啓用中的小巨蛋在內，則台北市可啓用的運動中心共有六座，每一座都有如大型運動館，或大型運動百貨公司規模。預計到二〇〇九年十月的時候，十二區運動中心即可全面啓用。

室內運動中心的最大好處就是不受風雨的影響，而且人人都可以享用。平時讓上班族利用晚上或清晨來使用，下午留給社區的放學學生，其他時段就提供給社區的老人。運動中心的基本配備是至少一個室內溫水游泳池，有二十五公尺的，也有五十公尺的。然後是多功能球場，可以打籃球、排球、羽毛球、壁球場，也有健身房、韻律體操教室、「很棒的」沖洗衛浴室、攀岩、武術教室、社區教室，或是射擊場、射箭場、高爾夫練習場／推桿練習場、電腦模擬高爾夫練習場等設備一應俱全。有的中心像南港運動中心甚至還有深五公尺，占地一百平方公尺的深水潛水池。這些場地一旦落成使用，因管理完善，收費低廉，立刻成爲台北市民最受歡迎的公共建設。據統計，每個運動中心平日每天運動人員約有兩千多人，假日更可達三千人以上。從二〇〇一年與二〇〇五年兩次國民健康訪問調查來看，台北市運動人口從百分之四六・五提升到百分之六三，在全台各縣市中從第三名躍升爲最愛運動的都市，運動風氣明顯提升。

以終生學習、終身運動的理念，來結合社區總體營造的觀念是全球「健康城市」的大勢所趨。因此興建具社區化、全民化、教育化、多元化、和諧化、人性化、永續化及環保化的社區性市民運動中心，正落實了馬英九所標舉的「陽光・台北——健康城市」新台北運動生活的理想，也讓台北市推動健康城市的努力得以和各國接軌。

當然，在這麼多的運動設施中最受矚目的，非台北市文化體育園區——松山菸廠的大巨蛋和棒球場改建的小巨蛋莫屬。松山菸廠無論就場地與體育建築的規模都是相當驚人的。位於台北市信義區，介於忠孝東路和市民大道之間路段上的松山菸廠，北側有鐵路局的台北機廠，南側是國父紀念館所在的中山公園，是台北市東區一處相當具有歷史意義的區域。二〇〇一年由台北市政府指定為第九十九處市定古蹟。馬英九將他規劃為台北文化體育園區，以興建體育場、購物中心與文化展演空間等設施。目前以BOT的方式由遠雄集團成立的遠雄巨蛋事業來籌辦。園區預定設置的項目包含可兼作文化展演空間的大型室內體育館，以及松山菸廠古蹟再利用。預計二〇〇八年正式啓動「孵蛋」工程，二〇一〇年完工，二〇一一年開館營運。

松山菸廠大巨蛋可以容納四萬人，營運後可為台北增加約三千億元稅收、創造近八千個就業機會。當初是由遠雄建設結合劉培森建築師事務所，以及號稱擁有日本東京巨蛋和札幌巨蛋的營造經驗的日本竹中工務店及原廣司團隊拿到此標案。後來得標的合作團隊因理念不合分裂，以致於被市府都委會取消得標資格。後經遠雄爭取行政訴訟，且裁定遠雄勝訴，持續擁有得標資格。這個風波讓工程延宕了許久，不過卻也說明了市府官員在這麼大的工程標案裡頭，絕無與廠商掛勾的嫌疑或不法勾當，由此我們也約略可以看出馬英九團隊的守法守紀，堅守程序正義，毫無個人偏見與好惡的行事原則。

馬市府也在二〇〇五年底克服建材物料價格上漲，交出了小巨蛋順利落成的成績單。小巨蛋是一座符合國際水準的多功能綜合體育館，它的空間不僅能提供各式球類競賽使用，也能舉行一般的體育比賽或大型國際賽事，更可以兼顧演唱會、展覽、集會、藝文活動的多樣需求。另外還設有附屬商業設施空間及副館滑冰場地，讓市民們在任何時候都能享受到溜冰的樂趣。戶外也有設置豐富多樣的活動空間，是市民假日休閒的好去處。雖然前經營廠商東森集團涉入爭議的弊端，可是小巨蛋自二〇〇五年十二月正式開幕以來，仍創下了許多令人印象深刻的紀錄。張學友《雪狼湖》音樂劇的演出成為小巨蛋的第一場作品；二〇〇七年三月二十四日濱崎步亞洲巡迴演唱台北場在此舉行，一萬多張門票在二小時內銷售一空，刷新台北小巨蛋售票的紀錄。小巨蛋使用率之高，是讓人嘖嘖稱奇的。連檔期都密密滿滿地排到明年底。在如此不景氣的當下，小巨蛋生機盎然，充滿活力，顯示它已經跟台北市民的休閒活動完全不可分割了。最後還要一提的是，台北小巨蛋是全台灣最晚規劃的巨蛋，卻是最快孵出的巨蛋；是台灣首座室內多功能的體育館，是提升台北市健康形象和國際化的重要地標。且工程品質也是有目共睹的。小巨蛋的完工，成為環亞商圈新地標，也帶動了附近地區的繁榮。

除了室內運動空間的建設，馬英九市府團隊也規劃了室外的運動健身系統，像這幾年非常盛行的自行車，它本身不但是有益健康與環保的「綠色」交通工具，也是交通單位極力推廣的休閒或代步工具。有鑑於此，市府陸續完成「淡水河文化水岸腳踏車道」、「社子島環島腳踏車道」、「關渡生態賞鳥腳踏車道」、「基隆河親水河濱腳踏車道」、「新店溪多功能河濱腳踏車道」、「景美溪親子生活腳踏車道」等六條河岸腳踏車道，形成完整的路網，打造出一百三十二公里的腳踏車專用道讓民眾使用，其中河區一百零六公里，市區二十六公里。台北市的自行車專用道，結合了多項功能，除了運動休閒之外，還有人文、自然生態景觀等優點。從南區的木柵、景美一路暢遊到北區的社子、關渡，不但可以達到運動健身的效果，還可將沿途美景盡收眼底。加上這些專用道都設立在河濱公園裡，騎累了都可隨地休息，順便看看美景，台北河濱單車道讓市民的生活文化因此再升級。

體育這一塊對馬英九來說是很重要的。跟他的健康形象是緊密結合在一起的。許多人包括他的貼身幕僚曾問過他爲何如此喜歡運動，馬英九的說法是：體力是成功人生的基石，也是健康生命的根本。勤於運動讓他的身體處於最佳狀態。另一方面，長年的運動習慣也淬鍊出自己的堅強意志，度過人生中的驚濤駭浪，而能「一路走來，始終如一」。尤其每天十七個小時的市政行程，在幾乎沒有任何休閒娛樂時間，運動就是他的娛樂跟休息，是他平靜思考、自由放逐的時刻；運動正是他最大的快樂，這也是慢跑之所以成爲馬英九最鮮明的標幟。塑造出馬英九「陽光、健康」的形象，多年來的運動，居功最偉！

一張卡的無限想像

——悠遊卡的普遍使用

生活在五〇和六〇年代的台北人，大概很難想像出門不帶錢或車票可以搭公車吧？不帶錢包可以買汽水餅乾吧？台北市近幾年來許多生活型態領先國際的腳步快得嚇人，讓人有時忘了自己身在台北，也讓不少多年來客居異鄉的台北人，回來後幾乎快找不到回家的路！

當台北的捷運開始在城市的大街或地下穿梭的時候，悠遊卡成了出門搭車不可或忘的通行證，大人、小孩、老人、學童人手一卡，或握在手中或繫在頸項，不再有忘了帶錢的尷尬和找零的麻煩，過卡時嗶嗶一聲，上上下下，不再惹人白眼，讓忙碌的台北人，匆匆行色間多了分從容。

悠遊卡的開發，一開始是爲了方便搭乘捷運，但馬英九並沒有忘記——台北是個標榜數位城市的大都會，所以對任何能提供數位化的加值服務都非常歡迎。在先進社會環境教育養成下的經驗，讓他深諳國際都市裡每個人的基本欲求；他也知道要成爲一流國際城市的條件，除了速度、方便、周全，更要化繁爲簡、通用普遍。從智慧卡公司的成立，到悠遊卡加值服務功能的研發，馬英九都不餘遺力的學習、參與。他找來前副市長歐晉德擔任董事長，希望借重他在軟硬體上經營管理的專才，迅速把台北市民帶進數位加值的時代。兩人聯手一起整合構思，把卡片的功能由一變成多，再由多變成小，不斷的推陳出新下，現在台北市民手中握著的悠遊卡，不再只是一張單純的乘車卡，它也是停車卡、一個電子錢包，一個可以隨時變現的寶盆。它不但可搭乘捷運、公車、貓空纜車，連到基隆搭公車或部分台鐵都只須換車不換卡，當你上街購物血拚或出門辦事，只要泊車在路邊或公有停車場，一樣可以用它來支付停車費。有時，它還是一張頂著和某大銀行聯盟光環的悠遊卡。出門不用多帶信用卡，只要秀出這一張「悠遊錢包」聯名卡，就能一卡搞定，讓你方便許多。另外，它還可以在貼有「悠遊錢包」標誌的特約商店中使用，免去攜帶現金的危險和麻煩。目前，全省（含離島）有近四千六百家的便利商店，都微笑接受這張卡和你的惠顧。你不用擔心餘額不夠，因爲它也會從你的信用卡額度中自動加值五百元到這張「悠遊錢包」中，這張看似不起眼、可是卻挺管用的卡，是讓台北人都樂於隨身攜帶的時髦卡。

悠遊卡功能加值之後，馬英九更把腦筋動到學生證上面。此話怎講？由於現在社會治安惡化，歹徒無法無天，詐騙集團橫行，學童被綁撕票案件頻傳，讓家長在無法確知孩子是否安全在校的狀況下，常遭歹徒電話恐嚇騷擾，造成社會恐慌，人人不安。若悠遊卡與學生證成功結合爲「數位學生證」，透過學生上下課的刷卡程序，家長不但能掌握孩子到校離校的時間，更可透過手機與學校保持即時連繫，確保自己孩子的在校安全。開始實施之後，「數位學生證」將成爲劃時代的新興產物，讓我們孩子的世界更多一點科技的時髦感，也讓家長更安心。

當馬市長在一場與美國姊妹市市長的座談會上，談到自己與家長們溝通「數位學生證」這個構想時，竟有一位與會的女性家長，打趣的問到是否也能幫她老公辦一張這樣的卡，好掌握他的行蹤時，這位市長不禁用「這樣的悠遊卡是否太違反人權了」的幽默言詞來表達對卡片的「查勤」功能的憂慮，惹得全場哄堂大笑。

悠遊卡的誘人是不可諱言的，根據統計，到二〇〇七年十月悠遊卡的發行張數已超過一千萬張，其中有三分之一的持有人來自於外縣市，民調滿意度也高達百分之九十六。

領先世界的大動作

——無線寬頻城市

最近有一個頂有趣的電視廣告，不知道大家有沒有注意到？廣告裡，在城市的天空中，一大群拿著手機的人，掛在排排交錯的電線上，滿臉笑容忙得不可開交，新來的人亦如法泡製，否則就出局，永遠被淘汰在自然法則之外……。常在世界的天際中飛來飛去的空中飛人，一定也常看見這樣的景象，不管東京或紐約，咖啡館裡滿滿一堆正在上線的人，二十一世紀的商務之旅，不再只是坐在豪華的商務艙，而是一台台新型精巧的手提電腦，鍵盤觸碰之中，商機唾手已得。

「無線寬頻網路」和「悠遊卡」這兩項先進產物，是將台北推向「數位首都」之列的兩大功臣，也是馬英九任內的重點施政建設。他還曾套用類似的語句說「硬體能讓城市變大，軟體卻可讓城市變偉大」。講到這兒，就不能不談起馬英九在定下台北市的施政藍圖時，強調的四大施政原則：

1. 軟硬兼施——軟體、硬體建設同步進行。
2. 新舊並陳——追趕先進城市已有的基礎建設，發展自己可以領先別人的優勢。
3. 眼光深遠——羅馬不是一天造成的，城市建設是百年大計，每一任市長都擔任著承先啓後的角色，並預爲規劃未來的建設，成功不必在我。
4. 均衡周延——「成長」不等於「進步」，只有「均衡成長」才是「進步」，城市建設是和時間賽跑的拚搏，該做的事情現在不做，以後再做就會付出更高的代價，因此不要零星的挑事情做，盡可能周延地把「必修課完成」。

嚴格說來，無線寬頻網路的建置在技術層面的難度不算高，許多先進的國家和城市也都思考過這個問題。他們考慮的對象包括了：這個技術或系統未來會不會被取代？預算問題如何克服？合不合經濟效益？未來永續經營有沒有問題？馬英九的市府團隊同樣也在想這些問題，但是得到的答案與態度不一樣，促成了台北市在這個領域上的大幅領先。市府的答案正是BOT，也就是說，關於以上的一些問題，其實沒有人比可能的經營者，特別是民間的經營者更關心，更有能力去做評估的了！市府的立場，只要講出公家和民眾的需求與願望，並提出可以釋放出來的資源與政令上的配合，其他就交給有興趣的廠商來妥爲擘畫了！統一集團轉投資的專業廠商安源公司聽見了馬市府的訊息，也看到了這樣的願景，於是投下十億的資金，和台北市政府合作來完成一場領先全世界的資訊建設實驗。你可能不清楚，目前台北市的無線寬頻系統建置分布的範圍，在國際間是遙遙領先各大先進都市、名列前茅的。目前整個大台北地區有百分之八十至九十的人口，都被覆蓋在 Wifly 無線寬頻的系統之下，當你走累了，隨便找個地方坐下，身旁就可能有人正在線上與世界各地哈啦。

「無線寬頻城市」的基本概念，同時間在世界各地都在進行中，但礙於經費和技術，幾乎沒有一個城市可以發展出具實用意義或商業意義的規模出來，頂多只是少數的接取點（AP；Access Point），限制在方圓僅數百公尺範圍之內而已。但台北市大不相同。台北市的無線寬頻系統 Wifly 是由安源公司提供，首創以BOT模式來建立的網路系統，市府本身擔負的經費雖然不多，截至目前爲止，台北市卻已建立了四千六百多個接取點，含蓋總面積達一百三十平方公里，每個AP都可以服務方圓半公里內的筆記型電腦使用者，可覆蓋人口高達二百三十萬人，這數據告訴我們，大台北市有百分之八十至九十的人口都籠罩在無線寬頻的大泡泡裡。由於這個系統的設置，舉凡台北市人生活動線會到的地方，像是特定商業大樓、台北的捷運站、主要幹道邊的商店、公園等，幾乎都可無障礙地使用筆記型電腦、PDA等手持或無線連網設備，在網路世界中恣意悠遊。在台北隨時隨地無線上網似乎已蔚為一種風氣和特有景觀。法國的無線寬頻系統是目前唯一追在台北之後的，但所覆蓋的人口範圍也才僅有五萬人而已。

二〇〇四年台北市入選為紐約智慧城市論壇（ICF）評鑑的世界七大智慧城市之一，二〇〇六年更獲得智慧城市首獎，並被JiWire國際認證為全球最大公共無線寬頻網路城市，顯見台北市的高科技建設格局已受到世界肯定。這項傲人成績和大膽創新的政績，多次引起國際重要媒體的目光，《紐約時報》曾為此特別專訪馬市長，法國市長也力邀他在巴黎市政廳舉行的「全球論壇」中專題演講，與各國人士分享「台北數位城市化」的成功經驗。

直到目前，這個領域都還是馬英九講話可以很大聲的地方，他一直認為一個城市要偉大，一定要做到軟體與硬體發展同步化，才能與全球接軌零時差。吐故納新，讓他不斷在舊城市的根基中，注入新分子，把台北推向高能見度的國際舞台。沒有時空限制，沒有族群歧視，台北的天空下，市民有的是一機在手的寬闊自在。而在政治列強操作中老被國際社會打壓的台灣，卻因「無線寬頻城市」的台北而扳回一城，而 Wifly 更創造馬英九任內最突出的城市外交表現！

改革魄力的證據
——爲醫療機構動大手術的市醫整併

台灣社會的怪象不少，人滿爲患的醫療院所天天門庭若市就是其一。華人愛吃藥是眾所周知的。有病治病，沒病強身的老祖宗習性一直堅不可破……。這也難怪，全世界還眞找不到一個地方，全民健保有像台灣的這麼好用，怪不得連出走移民的華僑都還千里迢迢回鄉就診，實在是因爲國外看病太貴了。

平心而論，台灣的醫療環境與醫療品質是相當不錯的，它提供了全台灣人民即時又周延的醫療服務，且收費低廉合理。因此大體上台灣人民也都普遍享有相當不錯的健保醫療制度，可說是台灣人民的福氣。但是由於我們的健保局不善營運加上策略與規劃不清，內部問題叢生也令人詬病，長期下來負債累累、岌岌可危，成了隨時可能破產的政府系統。造成這種景況的原因主要是由於健保醫療給付制度是「以服務量計酬」，也就是「做得愈多，賺得愈多」，故而造成醫療院所各有巧思，招徠顧客。「衝量」的結果，造成「重複就醫、重複檢查、重複用藥」情形極爲嚴重。而「重複就醫、重複檢查、重複用藥」其實是有害健康的。台灣腎臟病發生率全世界第一，就是「重複用藥」後遺症之一例。此外，許多高價的檢查儀器均需購自國外，不必要之檢查不但傷身，更形同將「健保」之資源讓外國廠商賺走。台北市政府的醫療衛生專家發現，「醫療重於預防」和「醫療重於公共衛生」的慣性思維，取代了合理使用台灣醫療資源的公共理念，使醫療系統和藥品被無限消費，成爲壓垮駱駝的最後一根稻草。

每家醫療院所爲了爭取業績，都會直接或間接地鼓勵病人回診，以締造更大業績。而更大業績的背後就是要健保局買單，向健保局請領保費。由於看病的人多，所以領著有限健保費的中央醫療機構在長期不堪負荷下，從嚴訂定審核標準，睜大眼睛嚴審各健保醫院的請款細項，審案如審判，絲毫不假情面，每一送件，再用打折方式付費。例如當天預約門診若是一百名，中央只付九十五名；每人原是一百元的健保補助，卻因中央資源有限，只肯給付給醫療院所九十五元，等於一隻羊剝兩層皮，打折兩次，無疑是叫醫療院所無法生存，院所爲了維持開銷，只好方法用盡，申報更多的營業支出給健保局刪，套句中國人的名言，上有政策下有對策，如此一來，健保院所浪費醫療資源的惡性循環攻防戰，就從此生生不息。

弊端叢生的大鬥法對誰都沒好處，可憐的還是被蒙在鼓裡的老百姓，爲改善這種病態現象，馬英九聘請張珩出任衛生局長，領導台北市衛生局及台北市聯合醫院，進行市醫整併改革計畫。這項改革，可說是馬英九任內，作爲一名堅定改革者，最重要的市政施爲。

馬英九認爲最理想的衛生醫療政策應著重於「預防人民生病」。健保給付應以「論健康計酬」來減少這種「以服務量計酬」衍生出之「不當衡量」，改善「重複就醫，重複檢查，重複用藥」衍生出之醫療資源不當耗用，並提升醫療品質以避免增加人民「健保保費負擔」。馬英九與衛生局張局長和許多醫療、醫政專家經過長期的探討，最後認定市立醫院整併結合，會帶來良性連鎖反應：像是「全責照護」讓病患住院不用自掏腰包請看護、藥品採購議價制度之改革解決「藥價黑洞」之問題、開發電子病歷，透過網路連線進行病人病歷與資料的彙整溝通；建立縱向與橫向之資訊平台讓各醫院、診所間可聯合會診，行政資訊化平台之建立可避免醫療院所間各自爲政，並可精減人力、大幅降低人事費用。此外，施行「醫藥分業」制度，讓許多門診病患可以拿藥不透過醫院藥局，而是以醫師處方箋直接到藥局取藥，此舉不但可扶植夠規格的社區藥局生存，同時減少慢性病人回診次數，可直接就近向社區藥局領藥。一來，可以降低民眾之醫療費用支出，且可節省交通時間與費用；二來，可以減少大醫院門診人數，避免醫療資源浪費與院內感染之發生；三來，更可杜絕醫院和藥廠間的不當利益輸送。

想當然耳，這項重大的醫療改革，必定遭致相關既得利益者的杯葛，藥商的抗議，關說民代的反彈，對利潤共享的醫師，獎金補助的醫護人員……來說，無疑都是連盤利空，反對的一方始終不少，也一直努力要阻礙這次的改革。「市醫整併」所帶來的衝擊排山倒海，對身為改革者的馬英九和張珩來說，眞如萬箭穿心，黨內黨外既得利益者的箭，箭箭都指向他們。但馬英九的骨子裡認定是對的事，絕對會堅持到底、義無反顧。他奉行「柔性革命」，至理名言是：「不要把霸氣寫在臉上，要把力氣放在手上。」咄咄逼人不是他的特質，所以可以始終以柔軟身段，不計代價與反對勢力周旋，但是立場卻毫不鬆動。

馬英九認爲「一個偉大的改革案推行時，出現反改革的聲浪是必然現象。」即使頂著既得利益者的反對聲浪，媒體的誤解，甚至議會的攻訐，馬英九還是堅持自己的信念、挺自己的夥伴、走自己的路，繼續推動市醫整併改革計畫。

市醫整併一年內，單是在藥品、衛材、試劑等用品聯合採購上「堅持改革」，就節省了約新台幣六億五千萬元「價格黑洞」的支出。次年，健保局依此標準，已將全台灣之藥價成本降低，爲健保與人民省下了一百五十億元。此外聯合醫院更與陽明大學整合成爲陽明大學之「教學醫院」，做到教學、研究與服務品質再升級的理想，廣被其他醫療系統參考並跟進。

台北的市醫整併，可說是馬英九任內最艱困的一個挑戰，但也是彰顯馬英九改革者形象最鮮明的例子。

被搞砸的畢業晚會

馬英九的特別費案在二〇〇七年十二月二十八日上午二審宣判無罪，這個攸關台灣未來前途的重要消息傳開後，泛綠的選民悵然若失，泛藍的選民則歡天喜地、士氣大振！二〇〇八年四月二十四日，在馬英九就任第十二任中華民國總統的前二十五天，最高法院三審定讞，再次肯定了馬英九的清白。不過，這時他已經心若止水了！

這些判決代表了擁有最後發言權的司法界，最終還是無疑義的承認了馬英九的清廉，也符合了多數台灣人對司法人員道德判斷的期待。

其實，即使在宣判無罪之前，就一直有高達六成以上的台灣民眾相信他的清白，但大多數的人可能並不清楚：他的清白，在這一段期間裡，曾經眞的面臨著空前毀滅性的挑戰，即使經過一番周折後保住了清廉的令譽，仍造成他個人從政生涯中一個極深的屈辱與創傷。特別是在特別費發生之初，馬英九和他辦公室的幕僚、同仁們，不斷的面對著檢察官緊迫盯人的地毯式盤查，鉅細靡遺的搜索和傳訊。一個幾乎半輩子都是以「清廉」自期、自律、自負的模範生，一個爲了自清、避嫌以防瓜田李下幾乎到了龜毛程度的清官，一個勤儉刻苦、生活簡樸，應酬又少，薪資或收入花不完就拿去幫助別人或捐錢作公益的血性漢子，突然遭到問訊官員冷酷的猜疑與鄙夷，遭到政敵的穿鑿附會、血口噴人、惡意扭曲，甚至長期以來就風評很差、爭議不斷的政治人物都落井下石、道貌岸然地說三道四起來，換成聖經故事的場景，就像一群娼妓爭相拿巨石投擲一名貞婦一樣，眞是情何以堪？即使相信他是清白的廣大人民，絕大部分也都搞不清楚「特別費」的本質與分際，這就讓最會拗、最有「詮釋權」的執政黨有了操作的空間。所幸，他個人數十年來累積的清譽，還是遠遠高過貪腐無能的民進黨，在先期階段至少保住了社會輿論的支持與同情。

特別費這個案子，原本背後的原因與背景就隱含著千頭萬緒的問題，並不像檯面上所浮現的這麼簡單。這個案子之所以會被操弄出來，最主要與之前陳水扁總統府裡的國務機要費弊案有關。由於一般老百姓並不會了解總統的國務機要費與一般政務官特別費的差異性何在，因此阿扁的國務機要費在司法體系雖奈何不了他，卻也不願鬆手的情況下，爲了要轉移焦點，讓原本不可能成立的案件，硬被民進黨民代拿來混爲一談，先是威嚇住最具公信力與權威性的主計單位官員，讓他們禁聲，再透過己方政客與媒體打手操弄抹黑，讓馬英九受盡委屈、汙衊和苦楚。他當時的心境只能用「黑貓偷吃，白貓挨打」的景況來形容。

到底國務機要費的特質是什麼?讓我們一起來了解一下。「國務機要費」科目係屬業務費，依預算所列項目，主要係辦理包括政經建設訪視、軍事訪視、賓客接待及禮品致贈等所需費用，依規定「國務機要費」不可移爲「祕密外交」之用途，否則即爲不當「流用預算」，可能違反預算法並涉嫌圖利或貪汙瀆職。但總統府另有國務「機密費」科目，是爲因應國防、外交業務實需，必須保守機密之費用。機密的預算通常不必說明用途，事後也不必再提出單據報銷。依慣例，總統府「國務機要」經費由會計處另設專帳，其原始憑證依會計法等相關法令由專人保管。基本上這是一筆用於公務上的支出，所以儘管總統有使用決定權，但仍需提供相關的單據以資證明；至於涉及「機密費」部分，由總統祕書室指派專人比照辦理。不過機密的預算通常不必說明用途，事後也不必再提出單據報銷。偏偏陳水扁硬要將「國務機要費」與「機密費」混淆一談，變成是讓總統在處理國政與金錢外交上的公務支出時有多一些寬裕伸縮的資金可以運用。如果身爲總統不謹守道德操守的話，全部都可能被侵呑或變成黑箱作業，無法透明監督。

而「特別費」與「國務機要費」不同之處，在於它是政府爲所有的政務官與行政官員所規劃出來的一項額外的公務貼補。特別費報支手續，仍以檢具原始憑證列報爲原則，倘有一部分費用確實無法取得原始憑證時，得依首長、副首長領據列報，但最高以特別費半數爲限。這是一種行之有年、約定俗成的作法。

而馬英九卻在和其他政務官一起領了十幾年的特別費之後，因爲依照行政院的規定，和市政府同仁一樣採取了直接將特別費匯入私人帳戶的領用方式，卻讓對手選擇性地（其他許多政務官也採取了這種行政院規定的方式之一）用「國務機要費」的規定與標準對他進行了鋪天蓋地的攻擊。比較特別的是，幾乎民進黨所有行政官員都躲到火線以外，低調以對，因爲他們對特別費的領用與報銷方式，都和馬英九雷同，而且只會更有漏洞。例如打馬悍將管碧玲一開始也緊咬馬英九的特別費大作文章，卻忽略掉她的丈夫前台南市副市長許陽明也是領有特別費的政務官，因此當別人也以相同的理由控告許副市長，她丈夫也一樣遭到嚴厲的調查與約談時，她才深知被誣陷時那難言的壓力與苦楚。偶而有民進黨的行政官員意圖用「共業」來為特別費定位，卻立刻就被阿扁總統拿去為他遭濫用的國務機要費解套，說國務機要費的弊案也是一種共業。

這場源於民進黨撒賴式、甚至鬧場來控告馬英九的特別費，一開始，馬英九並沒有把它放在心裡。不只是他，連他的幕僚，包括藍營的人士與一般市民都覺得這只是一個無理取鬧的行為，尤其是有關清廉的問題，馬英九一直以來的行事作風都絕對是最能通過考驗的。不料，檢察官侯寬仁對馬英九的特別費卻有一套自創的，不同於他人的定義，讓這看似鬧場的案件卻在不知不覺中成案了，並對馬英九進行起訴。

民進黨的民代為轉移阿扁國務機要費弊案的焦點，緊咬著馬英九的特別費支出問題不放。當時馬和他的幕僚團隊輕看了情勢，以為這不過是一場無理取鬧的烏賊戰術，既不當眞，也毫無防備與準備。殊不知一時大意，卻讓馬英九在這件事上栽了跟斗，而且心力交瘁。當檢察官在辦案上竭盡力氣，三番兩次的傳訊馬英九辦公室所有的人，蒐集所有人的資料，大家才發現問題並不單純，開始有了壓力，自認無懈可擊的信心也開始動搖。這項被全國公務員行之多年的特別費支用，卻被檢察官認定為汙錢、拿錢的罪行，也迅速成為對手拿來打壓馬英九最直接的政治和司法迫害。

最令馬英九及其幕僚印象深刻的時刻是：當大家急迫的日夜檢查馬英九辦公室祕書

余文所交出的那一個部分的單據，一筆一筆的核對時，竟然發現這一半單據都與實支不符。換言之由余文負責申報的這段時間，他幫馬所報的這些單據，竟都是不實的單據！這可怕的情況當場幾乎讓馬團隊的人昏倒。本來特別費規定是可以有一半憑領據提列，不用全數單據即可報銷的，因此檢察官這次卻特別重視需要審核的這一半單據。偏偏余文管帳的這段期間所提出的都是一些金額較大、帳目不合的不實單據。之所以會發生這樣的狀況，據余文的說法，全是爲了他本身行事方便，因爲太多費用是用在茶水、便當等小錢支出上，若是每筆都要取得單據來報銷太繁瑣，所以余文每次要報單據時，都會去搜羅一些金額較大的單據來合併報銷。殊不知他這樣的便宜行事卻犯了兩個致命錯誤：一是讓自己吃上公務員僞造文書的官司；二是他幾乎害到了一個最具清廉聲望的長官——馬英九。

但值得慶幸的是，這些未報銷的原始單據並未被銷毀，而是完整地保存在地下室的紙箱內。余文這件看似偷懶卻又挺複雜的作法，讓四面楚歌、快斷了氣的馬團隊又有了一線生機。最後大家不眠不休，在地下室的紙箱內，翻箱倒櫃尋找到的原始單據，成了馬英九在特別費案中最重要的救命丸。試問，如果沒這些原始單據的話，豈不是百口莫辯，坐實了對手的指控，更不用想在檢察官嚴酷的心證底下去昭雪沉冤；如果沒有這些原始單據，就會立刻被人等同爲阿扁總統，永遠也無法證明自己的清廉，更何況他還沒有阿扁總統豁免於刑法的特權。

儘管如此，民進黨的四大天王迄今都未被嚴實地調查，而即便馬英九後來找到了原始單據來據理力爭，仍然免不了一場災難式的起訴結果，以及民進黨陣營的窮追猛打。這與謝蘇等人不用自證清白而檢察官也就輕描淡寫的放過，實有天差地別的待遇。

回過頭來說，謹愼的公務員如余文，爲何爲了公文處理的方便，就去拿不實單據報帳？針對此事，我們可以這麼說，他所代表的正是政府機構部分祕書及公務員對特別費本質上的認知，即報帳人在報帳和請領特別費時，其實認爲特別費是行政首長在公務及應酬時的實質津貼補助。所以當首長須請領特別費時，在報帳上就會用比較寬鬆的態度來報銷。所以有些人在報帳時，很容易以一種做表面文章，行禮如儀的態度來應付。馬英九遇到這種狀況，所以會啞巴吃黃蓮有苦難言，最主要的原因有二：第一，老百姓和一般人包括媒體在內，在第一時間內沒有辦法區分特別費與阿扁亂花的國務機要費有何不同；第二，在特別費的使用上，因爲侯寬仁檢察官拒絕用其他檢察官都採用的大水庫理論，一意朝惡性犯罪方向來辦，讓馬有苦說不出。相較四大天王的特別費使用情形，馬英九的特別費幾乎都用於公務應酬上，但與其他首長或政務官相比，馬英九的公務應酬相對較少，所以單就單一小水庫來算帳的話，感覺上似乎會有剩餘，也因此他每隔一陣子就把剩餘的錢拿來做捐款，單就他歷年來的捐款統計有高達六千九百萬左右，遠遠大過於他所拿到的特別費。無論用多嚴苛的標準來看他在金錢上的使用，都可以發現他不只清廉、更是節儉，且熱心各種公益捐款，這三種特質，是台灣其他首長中少見的。

親近馬英九的人都知道他很節省、應酬也少，更少請人吃大餐或饋贈貴重禮物。有一次他請李敖在日本料理店用餐，對於一人六百元的套餐，還直嚷太貴，由此可見馬的節約品性。一般上班的日子，他大多也都是在辦公室裡吃便當居多。節儉固然是美德，但是過於強調刻苦耐勞的生活價值，就會與一般人追求更美好物質生活的時代精神產生疏離。有時，因爲他貫徹節儉、貫徹清廉，反而爲自己在政治圈內設立了過高的道德標準，樹敵也眾。他身體力行所創造出的「馬氏規格」，讓一般人無法跟進，反倒成了政敵見縫插針的目標，他們刻意以更不近人情的「高規格」來攻訐他。認爲：既然你是馬英九，標榜「道德」、「清廉」、「教養」，所以就要用超高標準來檢驗你、挑剔你，至於其他人，因爲他們是一般政客，所以可以用較爲彈性的價值觀，甚至是虛無主義式的放任來看待之。對政客的道德標準竟然可以比一般人更爲寬鬆，只問大節不拘小節，便與馬氏規格形成更鮮明的對比。馬英九卻必須一個人默默承擔社會或媒體以超高的道德標準來檢驗他、束縛他，以致他的路越走越難，越走越窄。我們常常可以看到在每一次市政質詢中，或每一次言語爭執中，對手們對他個人品格操守的挑剔遠過於對實際問題，即便是挑剔者本人的人品比起馬英九有天地之別，他和媒體也習以爲常，看不出中間巨大的反諷，這是因爲人們不自覺應用了兩套標準使然。

由於特別費裡頭有很多認定上曖昧不清的灰色地帶，因此第一時間裡，每一個幾乎跟他一樣有請領特別費的中央或地方首長，都噤若寒蟬，避之唯恐不及，更不用說會有人跳出來幫他講話。即使如此，在這當中也有幾人被波及。其一是司法界的大家長翁岳生也成爲被告，被搞得狼狽不堪；其二是打馬先鋒管碧玲，他的老公台南市副市長許陽明也被以「其人之道還治其人」，吃上官司，被徹查得灰頭土臉，連她都忍不住跳出來喊冤，說自己遭到抄家式的待遇，但因南部的檢察官，對特別費的認定是屬於首長的實質補貼，並無起訴他，眞正遭到較像「抄家滅族」待遇的卻是侯寬仁手裡的馬英九。

我們看到侯寬仁對待馬英九的起訴內容，說「被告馬英九於出具領據時有不法所有之意圖及詐術之實施」，彷彿將馬形容成一個十惡不赦的大騙子跟罪人。但仔細想想看，這麼一個被檢察官視爲大壞蛋的人，卻在幾十年的從政生涯中，只有極單純的理財方式和幾個簡單的戶頭，還如此坦蕩透明的攤在人前供人查驗。在馬英九的特別費案裡，相信馬英九的人和不相信馬英九的人之間的巨大差異，讓人不得不聯想到傳說中蘇東坡和佛印對話的那則軼事：「如果人的內心充滿糞屎，看到的別人也都如糞屎；如果人的內心充滿了佛，所看到的人也都是佛。」

對一個以清廉自持，把人格當做第二生命的馬英九來說，特別費案的打擊無疑是前所未有的。他那細心維護的政治潔癖，在整件事中傷痕累累！甚至對他過度依賴客觀證據來判斷事情的法律人習性，或許多少也有第一次信念上的動搖。他過去強調依法行事，靠法律辦事的主張，在大部分的情況下是正確的，但在轉型過渡期的台灣社會裡，其實有時是必須做更多的考量，更多的保留的，就像他在法務部長任內暫緩了蘇建和死刑的執行一樣。從馬在法務部長任內的施政作為，可以看出他在相對於傳統的執法人員來說，是比較偏重人道關懷的；在減刑措施或獄政改革方面他都有相當大的貢獻。但法律畢竟還是有它的漏洞，對待各種人在人權上是否眞的有保障？親身體驗過的馬英九一定會更加認眞思考。

在特別費案調查期間，馬英九曾百感交集地與他的幕僚提及他辦公室牆上掛著的一副對聯，上寫著「黃金非寶書爲寶，萬事皆空善不空」，這是當年祖父留下來的家訓，強調「讀書」、「清廉」與「爲善」是馬家重要的價値資產。當年，祖父還在荒年的時候燒掉了佃農們的借據，給佃農喘息和休養的機會，後來共黨到他的老家去清算地主時，當年受恩於他祖父的人們都跑來力保他，讓他免於被清算鬥爭的命運。一直到如今，他和父親也都謹守著家訓，視爲珍寶。有一次馬英九在印刷他的英文論文時，一時心血來潮，特別把家訓印在論文的扉頁上，老爸當時看了大感欣慰，父子默契的深切可見一番！如今自己卻深陷於特別費的屈辱，馬英九百感交集，全場靜默，無話可說。

這場長達半年的特別費案，雙方的答辯和攻防重點在於：一、馬英九以領據支領匯入帳戶的特別費，究竟是公款還是私款？二、馬英九對公私款的主觀認知是否屬詐領？三、有關領據列報的九件特別費案件中，只有馬英九被起訴，檢察官認定標準不一，是典型的選擇性辦案。應訊期間，馬英九均配合需要出庭。並在庭訊中表示從一九八八年以來，一直認爲特別費用領據核銷部分非公款，屬個人津貼，且這「應是行政慣例」，他從未親自處理特別費核銷過程，沒有犯罪意圖和行爲。上訴二審期間，馬英九更指出，他在台北市長八年任內，公益捐款高達新台幣六千八百零九萬元，遠遠超過以領據核銷的特別費總額一千五百三十萬元，並高達四倍有餘，這部分他連行政程序都沒有違反，更不用說觸犯刑法及涉嫌貪汙。反觀最高檢察署特偵組偵辦其他首長特別費案，只要招待友人消費、致贈友人禮物，檢察官卻不問友人是誰，也不調查該支出與公務的關係，只要有支出就是因公支出，即使這筆支出由第三人以信用卡墊付，也算特別費支出。甚至明顯貪汙及僞造文書的行爲，檢察官也依職權不起訴。馬英九說，檢察官爲了起訴他，完全不思考特別費爭議究竟是犯罪行爲或制度瑕疵，而將特別費制度設計瑕疵及用途爭議所產生的法律風險，全部由他一個人承擔。馬英九強調，檢察官起訴、上訴沒有邏輯，是典型的選擇性辦案，希望法院維持原判，駁回檢察官上訴。十二月二十八日，高等法院二審宣判馬英九無罪。司法終究還是還給他一個公道，證明了他一生戮力追求的潔身自愛。

翻閱中華民國歷史，爲官清廉者能有幾人？容或有之，但受到如此嚴苛超高規格檢驗（且全身而退）的大概也只有馬英九了。這場特別費案使得辛辛苦苦爲台北市打拚八年的馬市長，無法專心、驕傲地爲自己辦一場感恩會或成績發表會，卸任前的那段日子就像是一場被搞砸的畢業晚會，也讓八年的市長生涯沒法畫下一個完美的句點。

當前台灣政壇的本質

一九四五年台灣光復到一九四九年國民政府遷台，台灣這座島嶼遭逢了有史以來最大的族群交融與衝突的歷程。那時的台灣社會是個由稱爲「蕃薯」和「芋頭」兩個相同品種，卻不同際遇的族群所共處的狀態。不同的母語，不同的生活習慣，不同的歷史經驗與記憶讓彼此的初遇尷尬又失望：一邊是經過整整八年腥風血雨的艱苦抗戰，立刻又愴惶從動亂的祖國渡海而來的大陸兵民，離鄉背井，帶著一身創痛和戰亂中殘留的恐懼記憶與不安全感的族群；另一邊則是與故國隔絕了五十年，飽受日本軍國主義的統治和欺凌，在強勢日本文化壓境下，仍艱苦地保存著自身文化認同，渴望從此尊嚴度日、出頭天的閩、客族群。兩個不同歷史記憶的族群，在來不及慢慢消化、溝通與沉澱，便迅速被迫全面密集接觸，產生了許多文化衝突和意識型態的矛盾，種下了後來愛恨交織的情誼。

本省與外省兩大族群關係看似緊張，卻也有著許多相同的社會元素——同文同種的血源關係，文化傳統和價值的近似。雖然日常的應用語言不同，一邊說的是以北京官話為準的國語，一邊講的是閩南和日語交夾的台語，但是漢字的同源，使得語言和文字的過渡很快就過去，進入了溝通與互相融入的階段。

不管記憶有多麼不同，一旦在島嶼相遇，自然就會一起遭遇到各種事件甚至天災人禍，產生共同的新記憶，慢慢譜出一首奇特的命運交響曲。這共同的歷史記憶包括了：從最早期艱苦的戰後歲月，到面對隔岸中共政權的武力威脅侵犯，從二二八事件的族群對立到白色恐怖的憂傷歲月。他們共同經驗了多元生活文化在島嶼上所帶來的衝擊和風情民俗的影響；也共同見證了六〇年代的經濟奇蹟，民間力量的崛起。更藉著半夜守在電視機前為少棒、青少棒、青棒在國際的比賽加油中，找到了敵愾同仇、揚眉吐氣以及自我肯定的生命共同體的感覺。

在蔣介石時代，這兩種不同歷史記憶的交會，由於執政者所擁有的霸權，基本上是大陸一方的歷史記憶主導了島嶼記憶。整個社會的價値觀、世界觀與自我定位，都是以一千一百萬平方公里已不存在的領土以及五千年的歷史文化，作爲島嶼上上下下的思考依據，這個和當時現實相當脫節的意識形態，由於冷戰時代的國際局勢、在大陸的中共政權自我孤立也被西方強權孤立，加上美國人的支持和鼓勵，持續了一段很長的時間。在島上人人嘴裡喊的、課本寫的都是反共抗俄，光復大陸，奪回政權的歷史任務。

蔣經國時代則是進入了共創歷史記憶的階段。兩種不同歷史記憶互動整合的課題被時代擱置在一旁，取而代之的是島嶼內部新創造的社會現實、族群融合和種種建設；並隨著經濟貿易的興盛，暫時壓抑了政治議題的反思，一起共創進步和富裕的生活。在這段時間，台灣人民一起面對退出聯合國，中美中日斷交、被國際社會的孤立、民間自發力量崛起，是台灣社會最有「同質性」的時期，不分彼此，共同爲自己的夢想和台灣的生存打拚，在平等完善的教育系統裡，人人有公平競爭及自我實現的機會。

當歷史跨入李登輝時代，原本被壓抑的本土歷史記憶漸漸恢復，並悄悄的在許多角落取代了以中國大陸爲中心的主體意識，但本質上兩者仍能相互調整、共處共生。相對於其他多族群國家內部整合所造成的激盪，這種漸進式轉型和質變的成功，立基於不論本省或外省籍台灣人，都有著共同的血統、語言，相近的風俗習慣，在最牽動到基本價值的宗教信仰上，大家也都屬於溫和近似的傳統信仰，平穩而沒有特別的排他性。

在這個階段前半段，台灣社會容或還有些許的緊張關係，卻能彼此相互調整，展現出極為珍貴的包容力。此時是台灣「同質性」社會最巔峰的時期，對於原先有過衝突的多族群社會而言，這其實是很難得的成就。在台灣，不論是先來的移民社會，後到的難民社會，由於歷史都不夠長到可以沉澱、分化出明顯的階級意識或根深蒂固的分眾意識，所以互相融合影響的現象特別突出。一般老百姓對於包括通婚、求學、飲食習慣的融合都呈現出相當正面的態度；貧富差距也不大，窮人、富人有時都在同樣的地攤或餐館吃東西、看電影，在同一所公立學校上課。早期國民黨政府還帶著微微的國家社會主義體質，在「平等」、「普遍」分享資源上做得還不錯，這都有助於社會的和諧，其中有些政策是影響深遠的，像教育平等就意味著機會的平等。當時社會的矛盾，有些是暫時被掩蓋掉，有些則是在共同經驗的累積裡逐漸消泯了。

但是新勢力的興起與舊勢力的退讓要如何琢磨出底線？歷史的快速轉動似乎不容許他們慢慢去協調摸索，愈來愈赤裸的意識形態角力與權力鬥爭，又重新切割著脆弱的社會。而多元化、分眾化、經濟導向、自主性增強的社會趨勢使得台灣社會的動力結構愈加複雜。

二〇〇〇年阿扁執政，更把台灣帶進了一個前所未有的碰撞狀態中。由於國民黨的分裂，台灣在毫無心理調適的狀態下，從一個創黨歷史超過一百年的威權政黨手中，落入到一個完全沒有治國經驗，且本質上排斥大中國思想與中華民國體制的草根政黨手中。未預期到的結局加上朝小野大，讓意外勝選的陳水扁不得不接續著李登輝的路線，承認現狀，小心翼翼的扮演著溫和改革者的角色。

陳水扁一開始仍任用國民黨的唐飛爲行政院長，內外交走的都是跟隨上一任的中道改革路線。這樣的路線在唐飛因核四案下台後，而有了巨大的改變。腳步站穩的民進黨開始企圖甩開國民黨的治國根基，改走自己的路，第一個行動就是停建核四。這個決策牽涉甚廣，對國家的影響茲事體大，特別是在跟最大的在野黨主席連戰會面後，即斷然宣布停建核四，無疑賞了連戰一巴掌，此舉破壞了脆弱的朝野關係，民進黨政府的躁進性格也逐漸浮顯，特別在朝野幾次慘烈的廝殺攻防之後，朝野的敵我對立態勢更加明顯，初嘗市場自由競爭滋味，極力經營分眾口味的新聞媒體適時加入紛爭，更誇大助長了政治內戰的氛圍。

族群被分裂，社會被撕裂，最後被視爲國家團結象徵的總統也捲入政黨鬥爭當中。許多人把阿扁總統主動帶頭衝鋒陷陣搞政爭，歸諸他躁鬱的政治性格，或是台灣客觀的政治環境使然，例如，面對國會多數的政黨，你要不要局部分出組閣權以化解過大的制衡等等，但是一旦總統選邊站，並主動把人民分成敵我兩邊，基本上這個國家已經分裂了。

阿扁在台北市頭四年的市長任內表現相當搶眼，支持度、聲望都頗高，得到近八成市民的肯定，但在競選連任的選戰中竟意外的敗給了祖籍湖南的國民黨候選人馬英九。雖然當時在表面上沒有太多鮮明的言詞，但是阿扁內心裡已更加認定某種族群政治、板塊政治的不可動搖性了！他相當程度認爲連任失敗的主因就是占台北選民比例不低的外省選民全面倒戈，大量往國民黨靠攏所致，爲此，阿扁還在民進黨的造勢場合公開向外省選民喊話，是他哪裡施政不足讓外省選民不支持他。這其實是刻意挑撥的言行，一方面突顯市長選舉時的族群元素，一方面把敗選原因歸諸外省選民的省籍意識，表面上是檢討自己，其實是帶動支持者檢討「非我族類」的族群。

這次的敗選和日後的多次政治鬥爭一定相當程度強化了阿扁心中一些似是而非的想法：一是，爲了爭取多數選民支持而向中間靠攏的政策有時是不可靠的，特別是爲爭取中間選民，甚至外省選民，有時是反會冒著疏離了原先支持者的風險而兩頭落空。因此他更加沒有保留的擁抱基本教義派及深綠的群眾。第二個印象，則是他認爲外省選民之所以拒絕他，是因爲省籍偏見。但事實上，在別的地方也許每個人多少有點省籍偏見，但在民主政治現實中省籍元素對外省選民的影響反而是最小的，因爲他們知道自己在每個選舉區裡都是少數，他們眞正的考量，是以能保護、尊重他們的歷史記憶與文化認同的候選人爲優先。外省選民的選擇是意識形態導向而非省籍導向，只要候選人的意識形態接近，他們就會支持他。反之，就會遠離。單拿台北市的選舉結果來看，阿扁的認知是完全錯誤的。外省選民願意客觀地肯定他個人的施政成績，並多次在民調上的交叉分析中顯現出來，但是對於他所屬政黨的台獨傾向卻一直沒有安全感，以歷次全國中央、地方民代、立委選舉的結果來看，在在都印證了外省選民投票的傾向，從來不是以省籍爲考量。

這樣的認知讓阿扁從此堅定回到深綠選民的懷抱，深綠選民是另一群充滿焦慮與受挫意識的族群，帶著樸素的本土情懷與急於修成正果（國家正常化）的歷史意識與動能，無怨無悔地付出心力與資源，堅定支持著會眞心維護甚至尋回他們尊嚴的人。基於早期經驗與歷史印象，他們認爲抽象或實體的中國是對台灣尊嚴最大的威脅，在國族建構的過程中，中國又以某種特殊的相似性與幽微的相異性，成爲建構自我的「他者」，因此以排他性較強的態度來進行對內對外的「去中國化」，或背負著巨大悲情來反撲中國意識，便成爲他們在無力改造外在環境時，凝聚我族意識的象徵性活動。

事實上，大多數的本省選民是尊重歷史現實、彈性務實且有著巨大包容力的，那是一種人性的敦厚與歷史的學習。在政治光譜上分布於中間、淺藍、淺綠。讓人錯愕的是身爲國家的領導者，民選總統的阿扁，卻放棄爭取多數的天命，一意孤行在深綠陣營的激情與亢奮裡。他在支持者的場子裡，用「我們」、「他們」來分割同一個國家的人民，用部落酋長的的語言而非總統的語言來煽動、論述，極盡排他、攻訐之能事。以極微小的差距過半，贏得總統連任之戰後，他似乎更失去了作爲全民總統的理念，只想代表某種意識型態群眾或某個政黨，來統御另外一群不支持他的民眾。作爲一個總統，他是失敗的、不道德的。他混淆了許多台灣人基本的價值觀，摧毀掉身爲國家元首應有的氣魄和風範。他的一言一行都在分裂切割台灣的社會，消耗著台灣的福分與善性。

阿扁爭取政權的基本策略，是以槓桿原理來做到「以少御多」，在合成最大塊的小塊裡占有最大小塊的多數，便可以局部優勢扭轉整體劣勢，所以遂行「分而治之」的統治之路：分化省籍、分化族群、分化意識型態、分化區域、以突顯差異性來成就他的執政主調。只要是他的優勢範圍內可以占大多數的族群，都是他可以用來操弄的議題。他只要多數那塊的支持，不要全部人的滿意；始終堅信任何局部議題上只要占有過半的多數，即可擁有統御少數的正當權力。他用的方法不是用多數包容少數，或事情的是非曲直，而是用議題選票的絕對數字與絕對力量來遂行己志；如何創造出多數優勢來馴服少數，最重要的技巧在於切割。所以他不停地在做分裂、區隔。執政八年，台灣最大的損耗就是社會不停地被分割，切割爲本省／外省，藍營／綠營；南部人／北部人；台北人／非台北人；中國人／台灣人；入聯人／反入聯人；公投人／反公投人等等，一直沒有停過，主政者也不打算停止尋找切割的謀略。在這樣無限的切割裡，阿扁只要找到他比較可以占多數、優勢的政治議題，強調它的重要性，依它來壓制他不占優勢的議題，他就可以延續統治之路。

台灣的歷史不算長，但是非常坎坷與複雜，進入中國史或世界史這近四百年來，更受到各式各樣外在衝擊與內部矛盾。但是一直到不久之前，台灣人都還有種種智慧與包容的心，把各階段的殘酷挑戰與衝突，化解爲轉機與優勢。可是這樣的智慧與台灣人的基本價值——厚道、寬容、多元、正直、誠實……等，在阿扁執政的八年中一一被扭曲。他擴大了人民的焦慮與恐懼、怨懟與仇恨、對立與疏離，曾幾何時一般的老百姓、公務員也加入了政治鬥爭的躁鬱症裡，口出惡言、大聲咆哮，在政論節目或地下電台Call in中咬牙切齒，彼此敵視、叫陣謾罵，一方面參與了同樣焦慮的「我群」的集體治療，一方面陷入惡意政客挑起的仇恨戲碼，入戲太深不可自拔，甚至衝到媒體的第一線，充當起「人格的人肉炸彈」，不惜丟人現眼，只為了得以羞辱對手陣營的神主牌或主帥，這種戲劇化的低俗表現，過去只是職業政客為了透過媒體向選民表現業績時刻意做的誇張表演，現在則被困惑焦慮的人民真心模仿，犧牲自己平常的人性與人格，去發洩被激起的仇恨。為了鞏固自己的政治地位與利益，不惜自己帶頭衝鋒，分裂國家，把人民帶入有如內戰氛圍的政治躁鬱中，這可能是阿扁性格中最無法讓人尊敬、最不高貴的部分了！

阿扁面對的台灣歷史相對而言是最寬裕、友善的時代。沒有蔣介石時代飽受中共武力進犯的八二三炮彈、古寧頭戰役、韓戰及冷戰時期的種種破壞與威脅；也沒有蔣經國時期的中美斷交、國際孤立的險阻；也沒有當李登輝以一個本省籍且受日本教育的政治人物，取得以大中國意識為主的國民黨主導權及擔任總統時的孤立環境。

阿扁取得政權的時機和環境都是台灣社會最顛峰的時刻，平穩、富裕、自信，那時的國際環境相對的風平浪靜，那時的國內環境即使朝小野大卻普遍支持改革，他上任初期得到不分藍綠人民的高支持率就是證明。這樣的機會卻因他內心的自卑，性格上對挫折與退讓的無法容忍，策略上對台灣版圖的錯誤解讀，把台灣帶進了長達八年的無謂分裂與鬥爭中，步入經濟、內政、外交、國防大倒退的內耗裡，民不聊生，痛苦指數急速攀高！

阿扁的經濟路線，基本上是競選策略的延伸，只求不長過任期的短期效果，救急政策，所以只能短期復甦台灣經濟；長期而言，因爲阿扁有他的政治紅線，經濟的長遠目標若碰觸到紅線，他就退縮。反正經濟問題基本上民間企業自己會更關心，也更會處理；他只想應付救急而已，短線看出效果後，就忘了長期的目標策略。整體而言，阿扁對專業不夠尊重，有自己的私心，看起來像是分配或使用經濟資源的人，而不是幫助或增長經濟資源的人。

經濟退步不說，執政八年的恣意而爲，歪風盛行，上行下效，枉顧法紀到無以復加地步。以一國元首之尊，居然那麼不避諱結黨營私與裙帶關係，政商名流競走後門，身邊親信貪贓枉法，總統夫人喬事收禮、大肆炒股，總統女婿大搞內線交易等情事；又常常破壞專業體制、凌駕國法去拔擢一些人，以換取他們對他個人的忠心；這種現象在警界、軍中最明顯。而這些單位都有其專業文化，他們的晉升制度有一套行之有年的標準，如果率爾破壞，就會造成效能不彰、內部瓦解的後遺症。

在外交國防上，阿扁更以「內需市場」視之，目標在於國內支持者的虛幻感受，而非在這些領域上經營長治久安的根基，因此屢屢以民粹作風操弄對外關係，冒進、衝撞、忽卑忽亢的外交政策，致破冰之旅演變成空中迷航記。不尊重外交專業，不信任多年歷練的職業外交官，只以意識型態決定外交政策，非但沒有解決中共長期打壓台灣外交的困境，反而爲台灣製造「新」的困境。台灣在國際的朋友越來越少，獲得的同情也越來越少，越來越邊緣化。消費外交政策，來爲內政或選舉服務，刷爆台灣的國際信用，更是在所不惜！

阿扁偏差的執政心態，爲台灣社會與政壇種下許多壞的種子：藍綠惡鬥、族群分裂、媒體對立、內鬥內耗於種種虛假的議題，鎖國政策更造成台灣經濟衰退，競爭力下降，加上玩弄以「法理台獨」、「戰爭邊緣」來獲取政治利益的遊戲，製造兩岸緊張，錯過了中國與東亞經濟興起的第一班列車。相對於我們的競爭夥伴，台灣的每項數據都大幅退步，勉強靠壓低幣值以保出口暢旺的表面數字來充場面，在內需市場上，經濟的體質卻一直很虛弱。而這些在未來都將給台灣帶來極大的衝擊！

其他諸如停建核四等重大政策，決策草率，數千億元的損失卻由全民埋單，幾乎是不把國家利益放在心上。缺乏政績，但爲了選舉，可以不顧一切，違背正派做人做事的道理，犧牲掉台灣的核心價值。阿扁和民進黨政府一意孤行的結果傷害了台灣，也傷害到自己，人民從八年前的民心思變，到八年後民心思安。二〇〇八年立法委員選舉結果，國民黨的參選者加禮讓的無黨席聯盟一舉拿下八十六席，超過國會四分之三的絕對多數，三月二十二日的總統大選，即使儘量和阿扁切割，民進黨的參選人還是以超乎預期的大比數，慘敗給國民黨的馬英九，狼狽地交出政權，台灣政局又回到只有一黨獨大的局面。這是對民主亂象的反撲，也是給民進黨投下不信任的票吧！

民進黨與阿扁的執政風格

歷史曾經待阿扁是不薄的，給了他前所未有的「台灣之子」的歷史定位機會。如果他能謙虛，真誠，用心深，肚量大，很多問題是可以迎刃而解的，最起碼不會成為負面政治的代名詞。但是，幾次驚濤駭浪的大選中，人民出乎意料的支持他，反而讓他低估了人民，以為只要以選舉治國，維持選舉激情，人民就忘記檢驗他的政績，繼續無條件的支持他。最後他給自己的歷史，給民進黨在變天後的執政歷史，給台灣在他任內八年的歷史，寫下了卻是「亂」和「貪」！

民進黨是以街頭運動起家的，靠著兩次總統大選獲得政權。但是馬上得天下，未必能馬上治天下；一旦政績不理想時，為了維繫政權，就只好再退縮回他們擅長的選舉民粹的操弄裡。

當謾罵、叫囂、群毆、甩東西……，人民的眼睛天天在電視機前被暴力與無賴行為盤據，我們的孩子雖然受家長監護，卻仍無法逃避新聞媒體中越來越多的暴力灰暗……。追究台灣社會變天變成今天的樣子，與民進黨的執政風格絕對脫不了干係。民進黨從「黨外人士」起家，早先以反抗國民黨威權體制為生存發展的動力。在沒錢、沒勢、沒組織、沒資源、飽受打壓的政治環境下，打著捍衛本土價值，追求民主自由的訴求和標舉清廉改革的大旗，搖撼著廣大草根性的在地選民的激情。他們被打壓的悲壯形象，跟台灣人民對自身的悲情歷史印象，形成一種共鳴共感的擴大效應。追求民主自由的願望，當然有著道德上的制高點跟正當性，他們逐步爭取到知識分子、學生及民間輿論的心，紛至沓來的支持與認同更凝聚出充滿道德優勢與民主願景的新興力量。

早期的黨外人士沒有行政或社會資源，在各級地方首長尚未普選時，他們也沒有執政的機會。他們的政治參與，政治閱歷，都是從民意代表（無論是省、市議員、立法委員）這樣的角色開始的。在民意的舞台上他們有了機會來批評時政，監督國民黨，在媒體上曝光，形塑他們堅持公平公義、濟弱扶傾的形象。這樣的定位，使他們迅速累積聲望與民心，在民意殿堂的議事過程裡也從不斷的杯葛抗爭中快速累積能量、技巧，以議會運作的議事策略與技能，以寡擊眾，爭取制衡的最大能量，他們的靈活、積極、主動相對於執政的國民黨民代乖乖牌的印象，贏得了社會的重視與認同，更主導、形成了台灣民代議事的問政文化。以致於後來不分黨派的各級民代，不管現代、傳統、本省、外省，只要想在議事政壇上爭取曝光，展現氣魄力量，都得極力拷貝、複製這種獨樹一幟的黨外民代問政風格。

這是台灣政治很有趣的事實，象徵「民主」的問政文化基本上就是由廣義的黨外或民進黨的民代所形塑、發展出來的。其特點是，台灣民代特別講求犀利的批評與詰難，以制衡甚至是壓制的心理，不是以客觀、建設性的態度來監督行政官員；爲的是要幫自己所代表的選民出氣，展現一種出氣式的文化。有時就極盡能事的採用欺辱官員，藐視律法、推翻成規、反威權的態度來興師問罪。

爲突顯和選民站在同一陣線，更以種種言行來呼應他們所想像勾畫的支持群眾的悲情、弱勢、草根和同理心，符合重口味目標選民的胃口，用極辛辣的語言暴力，表演並刺激目標受眾的味蕾，充滿了俗民的戲劇張力。這樣的問政文化固然可以爭取到相當選民的共鳴，但由於長期欠缺執政的機會與經驗，所以民進黨人在執政或行政的訓練上也是片斷的、地方性的，因此當他們取得政權，進入到中央級的行政體系與文化後，在體質上出現了嚴重的適應不良。因爲官僚體系，是不用激情表演的，還得默默耕耘，以極大的耐心爲民服務；必須忍受冗長、瑣碎的行政事務，管理國事，在這一點上，民進黨顯得無能爲力也頗不耐煩。

民進黨以群眾運動起家，因此不免較欠缺行政管理及實質執政經驗，這裡頭有些失誤是可以改正或容忍的。但是面對執政不佳的批評聲浪，卻從不認錯檢討，一味進行反撲、攻訐和發動群眾運動，表示經過了長達八年的執政，民進黨作爲反對黨時期的草莽本色沒有太大變化，修不成正果，也達不到執政者該有的格局。群眾運動的發生，通常是因爲群眾的願望、需求，不能被現任的執政者所滿足，才會以群眾運動施加壓力、作爲催化劑。但民進黨當政後，卻放著執政能力和資源不用，仍然一意孤行，動輒走上街頭，以煽動無知群眾來取暖，用激情抗爭的手段，製造社會的對立不安，以達成團結內部、屈服政敵的目標。但是他們似乎搞不清楚：群眾運動的功能，畢竟只是意見的表達形式之一，不是實現意見的執政行爲。

民進黨官員在面對社會大眾的態度，令人匪夷所思。他們很少爲自己不當的政策或過錯道歉，卻無止盡地批評在野黨和在野的群眾。一個國家領導者批評在野的群眾，或是把責任歸給特定族群，這在民主國家是不可思議的，是極端不正確的野蠻行爲。在眞正成熟的民主社會裡，執政黨是不會把政治上的挫折，歸罪到社會中的特定族群的。反而會用更多寬容的作爲，包容的態度來接納他們，化解他們的不安全感。

人格的人肉炸彈

在二〇〇八年立委選舉和總統大選的旺季裡，民進黨又開始進行族群動員，高喊政權保衛戰，高喊「台灣不能輸」了！各式手段無所不用其極，好像只有他們才是台灣一樣。阿扁枉顧總統之尊，跳到第一線帶頭攻擊，連本應嚴守行政中立的中央政府首長，也一一跳出來，包括中選會、新聞局、教育部、司法單位等都甘作爲政治惡鬥的工具。在這種被刻意激起的政治激情中，民進黨在台灣原本脆弱幼稚的政治文化裡，創造出一種令人啼笑皆非的新現象，無以名之，姑且稱之爲「人格的人肉炸彈」。

所謂「人格的人肉炸彈」是一種不顧個人人格形象的自殺攻擊行爲。攻擊者犧牲小我，把自己的人格與尊嚴炸得粉身碎骨，爲的是和攻擊目標或政敵同歸於盡、兩敗俱傷，以達成自己策劃或上級所交付給他的任務。這種灑狗血的表態行爲偏差到令人匪夷所思。

台灣在現代政治的鬥爭中沒有使用眞正血腥武力的傳統，頂多也只是在言語上的暴力相向或一些肢體衝突，但因媒體的過度亢奮、濫情報導，衍生出無法控制的擴大效應，讓有心人在媒體前做出驚世駭俗，極爲失當的言行。他們仿效民粹政客或政論民嘴的言行，變本加厲在公開謾罵、攻訐咆哮、汙衊政敵的激情演出中，率先失掉自己的尊嚴與正常人格。

民進黨從新聞局、教育部、中選會、總統府、御用媒體到候選人陣營，都出現過這種拚命三郎式，不顧一切要爲意識形態效忠的所謂「人格的人肉炸彈」，他們不惜丟人現眼，犧牲自己的人格形象，只爲攻擊政敵或做出足以讓敵對陣營痛苦、悲傷的任何事。這些人之所以不顧自己的顏面或羞恥感，主要是他們認爲自己是正義的鬥士，屬於正確的一方，甚至想像到他的支持群眾將如何激賞、佩服他的道德勇氣，他就更加亢奮，於是扮小丑或淪爲打手都無所謂。這令人聯想到二次大戰期間德國納粹黨，把猶太人妖魔化、非人化，把他們計畫攻訐的對象用謊言與成見驅離「人」的位置，好讓自己的支持者在沒有道德壓力下，做出了不合常理而殘酷的攻擊行動，合理化自己的失控行爲。

我們可以說，一個讓正常人做出不正常事的政治訴求，一定是有缺陷的政治訴求。民進黨文化裡頭也許眞有過支持者的付出與奉獻都超越常人的情操，但是可以確定的是，大多數台灣人並不認爲這類無意義的攻擊與挑釁也算一種，所以這些有點非自主性的「人格神風隊員」反而成爲他們在選戰時的包袱，導致民進黨在立委選戰的大敗。

平心論之，民進黨執政後與中國共產黨在取得政權後的心態頗爲類似。民進黨取得政權的速度太快了，在阿扁贏得總統大選之前民進黨還是一個缺乏資源，體質弱小的政黨。一時間取得中華民國的政權，擁有崇高的國器與資源，這種輕而易舉，一步登天的境遇讓他們夜郎自大，錯估了自己的能力，認爲自己的判斷是準確的，過去運用的策略思爲與成功模式是無往不利的。這與革命起家的共產黨在執政初期的想法很像，認爲最困難的打天下的事都可以做到，其他諸如治天下的事會比這個還難嗎？於是陷入不可自拔的，不信邪的自大與驕傲中。沒有經過縝密的準備計畫與心理調適，就大張旗鼓的與過去執政經驗一刀切割；以大躍進式的浮誇、三反五反文化大革命式的心態，照著自以爲是的方法來治理江山，剛愎自用、不聽建言。全然不知治天下與打天下是截然不同的任務，需要截然不同的心智背景，專業訓練與態度。

打天下，要的是能抓住群眾對現狀的不滿，只要畫好大餅，提出願景，讓人民沉浸在希望最美、有愛相隨的夢想中就可能得到信賴與託付。而治天下卻不同。凡是在公司行號，或在機關單位謀職過的人都知道，即便是一個小小單位小小目標的達成，都需要不厭其煩、一步一腳印的耐心去推動、執行才有成果。治天下，沒有一蹴可幾那麼簡單的事；非單靠嘴皮可以說服人民，得到選票，誠如呂副總統所言：「當年我們只靠一張嘴就當選。」但是有了執政的機會就因此以為可以治好天下就太天眞了。治天下要看當家做主的責任感、經營能力和堅定永續的信念，就像一家公司要賺錢，想爭取百分之一的成長率，就要在各環節多付出百分之五的努力，多降低百分之十的犯錯率，長時間的付出和耕耘都是必須的。

民進黨的浪漫情懷、革命體質與一意孤行，讓他們不接受看似官僚、不敏感、麻木的國民黨時代所存留下來的行政官僚制度、規範與 Know-how；看不起也不屑學、更不採用。但別忘了，國民黨之所以可以在台灣開創並維繫超過半個世紀的快速成長，像十大建設、教育進步、經濟奇蹟，靠的正是這些長期執政累積下來的文官經驗與對美日等國的虛心學習，才能擺脫貧窮，帶領台灣變成亞洲四小龍之一。但是，剛打下天下的民進黨就是不信邪，大刀一揮，斬斷一切，堅持走自己的路，走成今天台灣顛簸不平的亂象，還執意「逆風」堅持下去。

民進黨自身最大的盲點，就是它意識型態的包袱。早先，民進黨的訴求還算溫和普遍，意識型態並沒那麼極端，雖然基本上同情台獨思想，強調台灣的主體意識、本土意識，但也不必然會化爲激進的台獨行動。所以最早提出的理念是台灣前途決議文中的現實與妥協，認同台灣已是獨立的政治主體，承認「中華民國」現狀。

但透過選舉成功取得政權後，讓他們驚醒了，原來台獨意識不像他們原先想像中是那麼嚴重的票房毒藥。原先被理性與選舉現實考量所包藏，所壓抑的極端民族主義思潮，於是一步步被釋放出來，如脫韁野馬，搖身一變，幾乎步上澳洲一族黨與阿富汗的塔利班政權的後塵，少數人仇恨的語言、狂妄的態度完全不受約束，彷彿默認他們就代表了民進黨的思維與素質一樣。

在執政的過程中，民進黨不停面臨急獨或緩獨的驅動與掙扎，政策搖擺不定。在兩岸關係、外交戰場、經濟發展、內政角力上都深陷現實與理想、能力與企圖、意識型態與實質利益的矛盾囹圄當中，八年下來，一事無成，一籌莫展。

沒有攻擊性的天敵

——民進黨爲何懼怕馬英九

民進黨以「革命邊緣」起家，習慣於鬥爭與衝突，見識過體制暴力與群眾暴力，見識過大風大浪，爲什麼面對溫文儒雅的馬英九時，反而會進退失據，戒愼恐懼，信心消失並創出「馬英九現象」這個名詞要同志們認眞思考？原因有四：

第一，是屢戰屢敗的陰影。

民進黨從一個沒有任何政治資源和財富奧援作後盾的政黨，卻能一路過關斬將，靠選舉攻城掠池，蠶食國民黨的政治版圖。一個幾乎沒有什麼實質力量的政治團體，竟能跟國民黨分庭抗禮數十年，並在二〇〇〇年利用國民黨的分裂局勢，順利取得政權，甚至在二〇〇四年再次擊潰願爲勝選機會而團結的泛藍陣營。民進黨與國民黨的政治角力像是拍打海岸的浪，一波未息一波又起。興起和衰退，政治勢力消長互見，每回國民黨與民進黨一對一的交鋒中，國民黨總是一開始時贏面看好，最後卻跌破眾人眼鏡，屢屢讓民進黨奪下冠冕。馬英九的出現，卻大大翻轉了這個情勢，面對民進黨的腐敗無能，馬英九是新興起的浪峰，而民進黨卻已後繼無力。

民進黨與馬英九交手經驗起於一九九八年的台北市長一役，當時聲望如日中天的現任市長陳水扁，面對看起來像是勉強被舉推上陣的馬英九，以逸待勞。在那場戰役中不論從各種民調、選戰經驗或政治資源來說，阿扁都占了較大的優勢，結果卻重重地摔了一跤。那次的失敗雖然成爲他後來贏得總統大選的契機，但在落敗當時阿扁的挫折感，以及被中間選民離棄的記憶，並沒有隨著贏得總統的勝利而被沖散，反倒種下他日後對馬的恐懼與情結。

二〇〇二年馬英九競選市長連任，當時已貴爲總統的阿扁傾中央資源全力，輔選李應元，即使用盡所有招數，也無力扳回一城。而馬卻始終如一，沒有攻擊，不施詭計，不放煙霧彈，輕鬆光明的打了場台灣選舉史上第一次「不一樣」的高格調選戰。即便民進黨攻訐他「香港腳走香港路」，暗喻他是外來的貴賓狗與台灣土狗之爭……，惡言惡語、機關算盡，馬英九依然不爲所動，以一貫謙謙君子的馬氏風格來迎擊，甚至在對手極力攻擊他、汙蔑他時，他仍在當時的一項市政活動中推崇阿扁，強調關渡賞鳥公園的規劃是阿扁任內做的，要在場來賓一起爲他鼓鼓掌。馬英九用反向的競選思維，只談政績、就事論事，展現泱泱大度的人格特質。民進黨用挾天子以令諸侯的行政資源，戰況卻一片慘綠，開票結果以六十四比三十六懸殊比數的得票率大敗。這比數甚至還低過台北市藍綠選民在政治版圖上的比例。第三次選戰交鋒是在二〇〇六年地方鄉鎮市長的選舉。民進黨一樣挾持中央執政的政治優勢，面對剛選上國民黨主席的馬英九，這場戰役民進黨仍是以六比十四各縣市首長（若含泛藍友黨則爲十七席）慘敗收場。

溫文儒雅，從不結黨營私，一介書生氣質的馬英九，他的清新形象和正直風格在競選國民黨主席時，也讓人爲他捏了把冷汗。面對黨內各派人馬，地方派系與梟雄悍將，要和人脈綿密、廣結善緣的對手競爭，連國民黨當時的黨主席連戰和馬英九的父親，都不支持、不看好，以至於在選前一天造勢晚會上，國民黨檯面上的人物幾乎都還一面倒的幫王金平造勢，而馬英九這邊，除了他的姊姊外，可說是勢單力薄，幾乎沒有任何黨內大老爲他站台。據說甚至當時國安單位的民調也顯示五五波的態勢。但選舉結果出爐，馬英九竟以出人意表的百分之七十四對百分之二十六的得票率，大勝王金平，以新人之姿奪下黨主席之鑰。不但如此，調查顯示有百分之九十八的國民黨員對這次的選舉結果表示滿意，這意味著沒有投票給他的黨員並不是不支持馬英九，而是認爲他不當黨主席的話，可能更有利其總統之路。

馬英九在接下黨主席之前的孤單，與國民黨老舊體質的格格不入，曾經讓人擔心他沒有能力與決心來改造國民黨，這顯然是多慮了！他上台之後就提出了許多黨務改革——把中央黨部搬離之前顯赫但有爭議的地方，改到較爲樸素低調的八德路現址，立法院重要法案的優先通過、黨產處理、台灣論述、重視青年……等議題上，毫無包袱。不久，國民黨的政黨支持度又重新回到第一，申請入黨的人數更達到高峰，每月有數千人申請加入國民黨，以青年人居首。

後來，馬英九因特別費案辭去國民黨黨主席一職，以致他爲百年國民黨量身打造的改革計畫是否全盤落實，仍無定論。

但是在黨主席職務上的歷練對馬英九仍有顯著的影響，這個只可共存共榮，無法獨善其身的位置，使得「不沾鍋」的習性必須調節成「選擇性沾鍋」，面對民進黨大軍的挑戰，一向溫儉恭讓的馬英九，在二〇〇五年台灣的地方鄉鎮市長選舉中，甚至還祭出他政治生涯中口味最重的一次宣示，以黨主席的位子作賭注來拉抬當選目標數，一心拉高藍軍的志氣。同仇敵愾，用激情來刺激支持者投票率的重口味大動作，對馬是好是壞，各有一說。但是那場戰役由於主帥帶頭衝鋒陷陣，卻讓國民黨贏得前所未有的大勝利。在全台二十三選區，藍軍一舉拿下十四個，尚不包括國民黨刻意禮讓的選區如台東、金門、馬祖。只獲得六席縣市長的民進黨只能用節節敗退來形容，回到創黨初期只保住南部選區老票倉的局面。而這個嚴峻的局面，隨著對馬的第四戰役，二〇〇八年單一選區兩票制的立委選舉，民進黨再度跌破大家已不看好的眼鏡，在七十三席採單一制的選區裡只拿下十三席，加上不分區立委共二十七席，連國會席次的四分之一都拿不到，堪稱創黨以來最大的慘敗，可以想見民進黨對「馬英九」這個因素的感冒和恐懼。

這個恐懼在兩個月後的總統大選終於成為「惡夢的自我實現」，民進黨以二百二十一萬票的差距再創「創黨以來最大的慘敗」，拱手交出執政八年的政權。

怕馬原因之二，是馬英九與國民黨雖然淵源甚深，人民卻會自動切割他與國民黨的包袱。

學生時代就是活躍愛國青年的馬英九，在哈佛大學法學博士畢業後，回台做過蔣經國的貼身英文翻譯，也當過黨內副祕書長，到最後還當上國民黨主席和國民黨提名的總統候選人，一路走來，和國民黨的淵源絕對很深。但是他一方面擁有黨內同志的支持，一方面個人的形象卻又與國民黨有所區隔。過去民進黨在一對一的競選中之所以能擊敗國民黨候選人，除了不錯的人選、犀利的文宣外，民進黨努力與本土意識結合都是主要原因，但更重要的還是國民黨老店的沉重包袱。

國民黨曾有一段可歌可泣的浪漫革命歲月，對中華民國的貢獻很大，直到國父孫中山先生逝世之前，都曾數度站在歷史與人民的這一邊，表現可圈可點。但是它和近代中國的關係實在太深了，執政也太久了，漸漸地擁有了政治上的特殊地位，加上列寧式政黨的威權本質，終於成爲黨國不分的政治怪獸。大陸時期很長的一段時間國民黨腐敗、無能，對日抗戰勝利後，終在不到幾年的內戰中曳兵棄甲，以八百萬的美式裝備部隊對抗流寇般的中共八路軍，竟被打得七零八落，落荒而逃。

相較於大陸時期，撤退到台灣的國民黨已經改革不少。但在台接收初期，由於政治上的失策，文化上的衝擊，種種因素讓充滿歷史情結象徵的二二八事件不幸上演。如今眞相已經模糊變調，但眞正的傷疤卻仍像個謎，連眞正傷亡人數都眾說紛紜。後來的白色恐怖，更掩蓋了人們對二二八事件的了解與釐清，錯失平反過失、撫平傷口的機會，反而壞水變破傷風，隨著長期戒嚴、威權統治和白色恐怖，讓這傷口一直潰爛到骨髓。

即便國民黨後來進行了種種改革、普及教育、推行三七五減租、耕者有其田，又讓經濟有了奇蹟般的發展，使得民間力量興起，並在內外強大壓力下，一步步走向民主開放之路，但台灣民眾對國民黨早期的獨裁統治、威權作爲仍充滿怨懟，這分怨恨在李登輝主政後，原先的威權形象與外來者形象還來不及淡化，便又和當時的黑金政治掛鉤，助長了選民對國民黨的厭惡。儘管如此，這些壞印象在成爲馬英九必須概括承受的包袱時，民眾的怨恨卻也很難直接投射到馬英九身上。

馬的清新、嚴謹的人格不容易讓一個正常人去討厭他，他的政治潔癖，則讓他在國民黨的老舊文化的染缸裡交不到太多朋友，卻也染不到威權習性與黑金包袱。更重要的是，馬英九在從政初期開始，也許是受西方開明文化洗禮，或是善良敦厚天性使然，他一直以一種溫和克己、更進步、更人性也更接近人道的正面角色和社會打交道，並幾乎是以贖罪者的態度，主動地去安撫、彌補那些在早年政府失當作爲中受傷的人，長期關注、表裡如一，因此也感動了許多對國民黨原本充滿怨氣的人，這也就是爲什麼社會上普遍認爲「馬英九」這個概念範疇是大過國民黨的。

怕馬原因之三，是民進黨八年的執政成績不佳。

民進黨政府執政八年以來，造成台灣經濟前所未有的衰退，但是更令人扼腕的，是這些衰退發生在東亞各國把握了中國大陸和印度的崛起，搶搭列車，勵精圖治，欣欣向榮的時刻，相形之下，我們的孤立、鎖國，原地踏步的身影就更顯得斯人獨憔悴了。

民進黨執政八年，也是他貪腐無能、迅速往下沉淪的時刻，大小弊案接連不斷，而且大都發生在民意代表和政務官階層的綠色人物身上，顯示綠朝新貴對於各種誘惑毫無抵抗力；其中更以總統周圍的所謂「皇親國戚」表現最爲突出，膽大妄爲，令人瞠目結舌。以總統夫人爲核心的這些權貴，利用各種特權或元首光環，多角化的創造著執政者的經濟附加價值，毫不避嫌地涉入公民營單位的人事關說或經營權的決策，以及股票內線交易或利益輸送等，吃香喝辣，其樂融融。想到大部分人民正在憂心國家的經濟與個人的生活，有的甚至困坐愁城，就更令人不堪忍受執政者的「政治暴發戶」的嘴臉了！

截至目前爲止，單是民進黨的領導核心及中央政府高層首長，涉及各種弊案被起訴的就有：總統夫人吳淑珍的國務機要費案、總統府副祕書長陳哲男的司法黃牛案、炒股案、副祕書長馬永成的國務機要費案、第一家庭女婿趙建銘、親家趙玉柱的台開內線交易案、前金管會主委龔照勝發包蘭花咖啡館工程及美容保養品招標作業圖利案、前金管會委員林忠正的併購弊案、前金管局局長李進誠的股市禿鷹放空勁永案、前交通部長郭瑤琪台北車站大樓促參整建營運弊案、前交通部長林陵三機要祕書宋乃午ETC弊案、前內政部次長顏萬進北投纜車弊案、前經濟部次長侯和雄七大工程弊案……等等。

民進黨總統候選人謝長廷這邊的親信也很嚴重，前面所提的侯和雄也曾是謝長廷任高雄市市長時的副市長，另外，高雄市政府工務局長吳孟德涉高捷弊案求處十二年、消防局長陳坤章涉雲梯車弊案求處五年六個月、交通局主祕鍾善藤涉高捷弊案求處四年、謝長廷後援會會長張志榮涉高捷弊案判刑八個月、民政局長王文正涉高雄市議長賄選求處六個月……等，令人眼花撩亂。

與此同時，台灣經濟卻正面臨有史以來最嚴重的退步，產業外移、外商出走、國民所得原地踏步，從贏韓國四千美金到倒輸三千美金、經濟成長率在四小龍吊車尾，還輸給越南、泰國、薪資實質減少，大學生起薪更低、國際競爭力退到名以後，還輸給蒙古，高雄港貨櫃裝卸量從全球第三掉到第八、股市慘綠、失業人數飆高，但是執政者對此除了以「唱衰台灣」來反擊外界質疑以粉飾太平外，因應之道，就是掀起加入聯合國的運動以轉移焦點。

民進黨執政八年，也是台灣社會分裂最嚴重的時候。在執政者刻意挑撥、分化下，族群的對立與衝突愈來愈激烈，透過大眾傳播媒體的報導，深入到每一個家庭的生活裡，令整個社會瀰漫在一股政治躁鬱的空氣中。機場正名事件、中正紀念堂事件以及教育部其他種種作爲，都是打著轉型正義的名號，製造衝突，以區隔你我、凝聚內部的部落思維，在民進黨這樣分化的策略之下，它保住了自己的深綠基本盤，台灣的團結與和諧卻被犧牲了！

民進黨執政的時期，貧富懸殊的現象加劇了！人民的痛苦指數升高了！自殺的人數加倍了！兩岸關係更緊張了！和美國的互信破產了！原本不多的邦交國又減少了九個，國民實質所得原地踏步……這時候，標舉著「重建台灣經濟、找回台灣價值、捍衛台灣尊嚴、創造台灣未來」的馬英九獲得大部分人民的支持，要來進行二次政黨輪替，當然更令他們如坐針氈。

怕馬原因之四，是因爲馬的非政治作風。

馬英九在人品教養、學問能力、待人處世各方面都有優越的條件或表現，優質形象根深蒂固，早已成爲「良性政治」的第一品牌。不論阿扁或民進黨如何機關算盡，也都難以破除馬英九深植人心的形象，特別是在民進黨執政期間，把政治鬥爭或意識形態治國那一套操弄人民的手法玩到底了，再也產生不了動人的力量。人民更是厭見永無休止的攻訐、惡鬥與政治動員，馬英九誠懇清廉、沒有心機、就事論事、認眞做事的陽光形象，適時撫慰了凋敝的人心，尤其是政治性不強的中間選民和婦女選民中，馬英九的謙恭溫良和翩翩氣度更占優勢。

有政治家的理想與抱負，卻沒有政客的世故權謀與壞習性，這就是「馬英九元素」的基本描述。

民進黨一直還找不到足以撼動馬英九人氣的切入點、有效的玩打馬策略，最主要的原因是他們根本不知道馬英九代表的是一套截然不同的政治價值與態度，一旦你以謾罵、攻擊的粗糙方式來對付他，你就跟他不在同一個範疇裡了！自然也就傷不了他。要贏他，你就必須跟他在同一個範疇中進行良性對抗，比清廉、比優雅、比認眞、比善良。

馬英九以自己的成功創造出一套目前只適用於他的遊戲規則；此次他競選總統之路大獲成功，這套遊戲規則可能會變成未來台灣政治的新規則：每個政治人物都必須打從心裡尊敬選民，不能偷懶取巧，要以自身的正面元素而非對手的負面元素來贏得選民的付託，一掃先前浮誇造假、虛張聲勢的民粹惡質之風。如果眞的如此，這就是馬英九元素和台灣社會產生化學變化後，最令人期待的願景。

馬英九元素

——非政治的政治性格

每個時代或每個國家的領袖人物都有不同的政治氣質，就像一年四季的風景各異，有人霸道自戀、有人大氣寬容、有人親民認眞、有人神祕鬼祟。台灣歷來的領導人物也各有風格，各領風騷。其中，蔣介石可說是以民族主義爲思想基石、獨裁統治和聖王理念混合的威權體制代表；蔣經國因爲青年留蘇經驗，深受俄國社會主義影響，重視普羅大眾與社會正義，思維訓練較傾向於代表弱小階級；受日式教育與宗教影響甚深的李登輝，則是武士道結合摩西式信仰的實踐者，沁染著明治維新時代的心智；三級貧戶出身的陳水扁象徵靈活、易感、上進的台灣中下階級心靈，也是他們的代言者。

當社會進入民主時代，國家領導人的角色也從尊嚴的統治者變成了貼近社會的人民公僕，他是爲民服務，而不是受萬民擁戴而存在的。於是英雄或梟雄式特質降低，備受歌頌或簇擁的景況也漸漸減少，這是歐美先進國家一般領導人物的寫照。當社會發展到一個更成熟的生態時，政治人物甚至就只是業餘的政治代表，許多時候擁有和一般人一樣的事業或資歷，和一般人一樣的生活或思維相貌，地方首長也不再是高高在上的國王代表或官僚，而更像專業經理人，以他特殊的視野或願景來管理或建設地方、行銷地方。

未來，專業行政首長不必然等於專業政客，更不必然是政黨或意識形態的代表。馬英九政治性格最大的特色——就是客觀化與缺少傳統的政治性格。這其實是符合台灣未來政治理想的。而他之所以顯得特別，只是一般政客或媒體對政治人物的想像還沒跟上來。而他之所以眞的特別，在於不管媒體、政敵或政壇如何冷眼看待他的人格特質，社會上或有各式各樣的雜音，他仍堅持他一貫的風格，好像在內心裡有一套鮮明、確切、專爲模範生或模範政治家而立的規範或法則一樣。

馬英九的政治風格和他的現代化思維、國際化視野以及早年在哈佛大學攻讀法學博士的養成有關。雖然對中國傳統文化有著很深的感情，更透過家中長輩言教身教的浸染，他的人格特質一直瀰漫著濃濃的儒家風範，他的做事方式卻多來自國外的學術訓練與工作經歷，政治風格洋溢現代思維的邏輯、客觀化的處世態度；東方社會裡的人情世故、練達圓融在馬英九的身上比較罕見。

他是一個非常友善、人緣好、朋友也不少的人，但卻不喜歡交際應酬，也沒有意願玩密室政治或與人結黨營私，因此和政治圈的交情一直有著「君子之交淡如水」的味道。他一向就事論事、依法行政，所以跟別人打交道時比較會有意無意迴避人情包袱的可能拘絆。傳統中國政治人物很講求人脈、關係及建立於高度信賴的近親繁殖與利益共同體，因此對傳統政治人物來說，馬英九一直顯得不近人情且不適合從政。「不沾鍋」這個字眼表達的其實是「染缸中人」對某種政治潔癖者的揶揄。

事實上，傳統的政治操作手法與現代化的政治管理也是格格不入。因爲現代化的政治管理要求的是依法行政、就事論事、公平透明、公私分明，以避免利益分贓。歐美社會政治人物最基本言行的標準，就是要把私人考量、人情壓力降到最低。曾有一本書提到一個對美日文化的差異性調查；研究者分別對美國和日本的警衛做人情壓力影響價值判斷的調查，題目是：假設你的夥伴某個値勤的晚上因喝酒誤事，但沒有其他人知道，你會不會主動向上級舉發你的夥伴？結果有近八成的日本警衛表示不會，而八成的美國警衛表示會。由此可見東西方社會人際規範的差別，以及人情世故如何深刻地影響東方人的決策判斷。馬英九也許不會面臨這樣的價值抉擇，但是他公事公辦，士大夫無私交的信念還是會溢於言表。因此，只要是跟政治或個人利益有關的人情世故場合，馬英九都會迴避，以免積累任何不必要的影響決策的牽絆。這樣的風格有時讓他陷於孤立，也為他帶來「不沾鍋」的稱號，卻贏得多數選民的認同與信賴。

馬英九拙於人情世故也不願被過多的人情世故考量所分心，除了與他質樸青澀的性格有關之外，與他的法律思維習性也有關係，這部分倒不是來自他的法學博士背景，更可能是他很年輕時就進入政壇擔任重要角色，使得他很早就接受了專業行政官僚裡的人格歷練與磨練。在中華民國的行政官僚體系裡頭，眞正的文官制度的功能與價值，在於所有措施、所有行政程序的考量，都是以公正、公平、公開、防弊為主。所以會有很多周延繁瑣的細節跟行政文化來運作與管理。它看似繁瑣、官僚，摒除人情世故的考量，卻也讓台灣行政效率、品質與現代化往前大大跨出一步。過去半個世紀來，台灣社會在經濟和行政能力上都有長足的發展，與我們擁有一批非常專業且堅持行政中立的官僚體系是密不可分的。在如此文官體制的設計之下，透過層層負責的責任政治和圈圈擴散的資源整合，規避掉一些因人設事或公私不分所造成中飽私囊的弊端，同時讓困難複雜的建設工程，透過清楚有效的委託機制得以實現。所以不管早期的十大建設，或者後來種種的重大工程，都在台灣極有效率的行政流程與文書作業中，同步進行，同步在實體世界中獲得進展。爲達到行政的專業標準，不可避免的會壓抑個人英雄主義的表現，排除了人性或主觀的情緒及感情、慾望的干擾。馬英九被這種公職文化的影響十分鮮明。

早期，他的行事風格較傾向於某種根深蒂固專業官僚的行政性格。周延、謹愼，非常注重公平及程序的正義，相對少了個人的主觀好惡，自由意志與願望的表達。這可能也是造成有些民眾認爲他的施政性格不夠鮮明，施政表現不夠突出的原因之一。即便如此，在他擔任台北市長長達八年的期間，在待人處事上也多有轉變，從高階官僚的專業者性格過渡到政治領袖的親民性格，慢慢在各式場合的操練中駕輕就熟。尤其是參與黨主席的選舉，介入黨內職業政治生態的事務以及第一線的選舉歷練，使他做出很大的調整，他的政治好惡與政治意志，雖然依舊溫和卻也更鮮明的逐步展露出來。

沉默的魄力

成功不難，難在堅持；登峰攻頂不難，難在不媚俗。如果要談魄力，馬英九這種「堅持」的魄力大概是最令人印象深刻了！他堅持做對的事，任勞、任怨、任謗，埋頭苦幹、認眞打拚，心力交瘁之餘，還要面對民進黨舉全黨之力對一人鋪天蓋地的攻擊而不改溫文儒雅的笑容，這種意志力其實是任何笑容都無法掩蓋的。

魄力是拿來做事的，特別是堅持做對的事。說到做事，其實是馬英九的專長，馬英九不善交際也不喜交際，可能大家都略有耳聞；但是馬英九喜歡做事的勞碌命性格，可能大家就不清楚了！可是我們可以倒過來想一想：一個人每天幾乎工作十七個小時，全年無休，如果不是眞的從工作中得到樂趣，誰受得了這樣的折騰，且數十年如一日？

我們可以從許多地方發現馬英九認眞工作，而且喜歡工作：小至簽名、簽字，他總是一絲不苟，專心投入，務必留下優美工整的筆跡爲止；讀書、批公文以及開會做筆記，他也是全心投入，不輕易放過吉光片羽、蛛絲馬跡；坐飛機時，他幾乎把所有時間拿來看資料、準備功課；和人聊天時，沒幾句就會談到相關的公事；即使在競選總統、勤跑基層的忙碌行程空檔，爲了準備辯論與政見發表，他也是拖著疲累不堪的身子、嚴重透支的心力，多次開會討論、勤奮準備，除了熟記、掌握資訊之外，還要把一干幕僚與顧問的耳提面命一一記在心裡；當他在台灣各地進行 Home Stay 時，隨行人員、媒體記者和接待的當地農漁民也被他卯起來幹活的認眞態度感動。馬英九就是以這種工作態度爲台北市的市政建設打拚了八年，以致於當刻薄的競爭對手極力想攻擊他的政績時，絞盡腦汁，只能舉出建成圓環及龍山寺商圈拯救不成功三、兩個單薄的例子。

馬英九在台北市長任內所謂十大建設，是一種概括的說法，「發現新台北」的網站內，列舉了馬任內一百五十項指標性的建設成果。另外，台北市政府新聞處也曾經出過兩本極爲美觀的書，書名就叫《軟硬兼施，脫胎換骨》，分別從軟體建設和硬體建設來介紹馬英九的政績；而最近就有一本書叫《沉默的魄力》，它是天下文化出版的，由馬英九口述，他的幕僚執筆，裡頭介紹了許多馬英九市政建設的來龍去脈與意義，也特別談到他心目中眞正的魄力。

台灣下一個國際品牌

馬英九的外語能力很強，吸收西方文明的養分也很快。他流利的英文可以辯才無礙，在外國觀眾面前充分陳述自己的思想理念，這或許是他比當代任何台灣政治人物都更具備國際觀和世界化的優勢。二〇〇六年訪歐時，他在倫敦接受了BBC主持人的採訪，這位主播一向以言語率直、咄咄逼人聞名，他收集了一些比較負面的資訊和主張，一開始就挑戰、詰難馬英九的外交與兩岸政策。當時的馬市長起先還維持著溫文儒雅的作風，但是不久就轉守爲攻，以大量的知識、實務和實情，讓臨時才惡補兩岸關係的主持人立刻收斂了強勢、自信的態度，令觀者不得不佩服馬市長犀利的英文辯才。

他有多次訪問國外的經驗，行程緊湊，除了大清早的慢跑，就只有工作，而最讓同行的媒體佩服的，是他在國際演講或座談場合中總是從容不迫、侃侃而談，幽默迷人的風采常輕易地就征服了與會的佳賓，他在國外的亮眼魅力，不要說在國內，即便是放眼亞洲政壇也是絕對少有。只要給他時間和舞台，相信馬英九躍上亞洲最閃亮的政治領袖，是指日可待的！他特有的陽光性格、幽默感，透過流利的英文表達，讓他與其他國際城市的市長、首長、學者專家甚至商業領袖交流時如魚得水。

當他在台上演講時，台下中外觀眾專注聆聽的神情，更令人印象深刻，尤其是講到他已經快講爛的笑話時，那些爲之莞爾的西方觀眾還會相互點頭，互換稱讚的眼色。這種場面，很難讓人連想到是東方人在演說，而這正是馬英九的國際專長及魅力。

馬英九對國際視野的宏觀，除了地緣政治和區域經濟外，文化趨勢與在地時事也都能充分掌握。他認爲台灣地方不大不小，在全球化的過程中，就像是激流中的小船，需要非常了解整個國際大趨勢，才可以在順流逆浪中取得進步的動力；他扎實的學術薰陶、國外的生活見識，以及外交經歷，使他有能力讓台灣在未來國際與兩岸關係的舞台上，更爲積極活躍自信，絕對可以扮演好一個和平製造者而非麻煩搗蛋者的角色，幫台灣找到更多眞心的朋友。尤其在當今，以經濟爲考量的全球政治大環境中，任何危及經濟環境或區域環境穩定的所有作爲，都是不受歡迎的。整個國際氛圍對於地區穩定的要求遠遠超過了意識型態的好惡。因此以全球布局、區域穩定爲前提來提高台灣的國際參與，在台灣絕對找不到比他更合適更稱頭的人。

獨行馬與狼群的鬥爭

獨行馬指的是馬英九雖然從政多年，享有居高不下的人氣，卻一直沒有顯著的政治盟友，他所屬的國民黨雖然黨員眾多，同質性卻不高，黨內高層也多屬老舊政治人物，觀念、作風都充滿了衰敗過時的氣息，每當馬英九遭到圍剿時，總是遲遲幫不上忙，或是恰巧越幫越忙。他的得力助手、幕僚或盟友許多是在學術界、文化界或其他領域，與政治的淵源都不深；相反的，他所抗衡的民進黨是以街頭運動及文宣起家的準革命政黨，久經沙場、戰將如雲，即使是彼此之間的鬥爭，都往往是眞槍實彈、殘酷凶猛，有如狼群之間的競爭。在這群兼具菁英論述能力與草根拓殖能力的狼群之間，阿扁是目前的狼王，謝長廷、蘇貞昌等人則是新興的狼王候選人。他們都是身經百戰的鬥士，群眾魅力與詭辯能力都是一等一。其中阿扁形塑了目前的民進黨，更是民進黨興起與墮落的靈魂人物。

阿扁的人格一直擺盪在巨大的光譜中間，最好與最壞的狀態十分強烈，甚至超出常人。他最好的時候極端的敏感、人性、富同情、有創意；另一面是極端的獨斷、瑣碎、不擇手段、缺乏高貴人格對道德的約束與自我期許。更嚴重的時候，則表現出「寧可我負天下人，不可天下人負我」的決絕態度。他的政治語言有時相當優美，向群眾煽動時卻十分粗俗低下。也因爲他巨大的人格落差，令人覺得他的人格與政治性格本質上有躁鬱傾向。好與壞的差別，躁與鬱的差別，異乎常人許多。這樣的躁鬱政治性格，在媒體效應放大下，像站在一面哈哈鏡前，不但被扭曲還被無限放大。在各處形成了不可忽視的負面能見度，也讓台灣全島陷入了長達八年的政治夢魘。

在躁鬱症般的政治操作下，台灣人民過得痛苦異常。在零和遊戲的敵對狀態下，藍綠陣營均充滿躁鬱，充滿歇斯底里。台灣不像一個國家，而像兩個國家被迫糾結在一起，嚴重對立，雙方均一心渴望自己的政黨大過對方，渴望對方的陣營一敗塗地。只要對手一邊有了好消息，這一邊就若有所失，反之對邊若有了壞消息，自己就興奮莫名。

這種病態的心理是相對剝削的，沒有什麼客觀的標準或依據，在雙方都無力改變僵持現狀的焦慮中，只求阿Q式的自我感覺良好，嚴重的狀況是有些人只能每天晚上盯著煽動的、偏頗的政論節目，從中自我療傷。

在極端對立的氛圍下，讓敵對陣營彼此有了做奧步或在傷口上灑鹽的正當性。這是頗危險的社會趨向，形成類似意識內戰的緊張狀態。雖然台灣還不致於用過度暴力的手段來表達仇恨和恐懼，但在心理上，對敵手的怨懟已經到了反常的程度。像馬英九這種不出惡言，也不會使壞的政治人物，對手陣營的某些支持者卻越加仇視他。倒不是因爲馬英九做了什麼壞事，而是馬英九什麼壞事都沒做——這樣，馬英九的寬厚大氣更顯出己方政治人物的扁淺小氣；想到馬英九的形象會幫藍營的勝選加分，擊退自己陣營所支持的人，他便更加焦慮、更有挫折感，怨天尤人，質疑馬英九的虛假，質疑媒體的不公。仇視馬英九的心態在綠營普遍瀰漫的結果，讓綠營的一些支持者無怨無悔的在媒體上、網路上以各種成見和仇恨、汙蔑的字眼日以繼夜的攻擊他。雖然藍營中對於阿扁總統也有類似的攻擊激情，但是相對而言強度較小，而且往往是阿扁本身則更傾向主動挑釁的。漸漸的，綠營的政治或其他領域人物裡便產生了有如「馬蠅部隊」的「打馬專業者」，全心全力攻訐馬，詆毀馬，汙衊馬，彷彿如此就可幫他贏得支持者的喝采。這樣的馬蠅部隊中的確也有些人，迅速擴充他們在綠營的人氣聲望，也越來越靠近到領導核心，久而久之，綠陣營上自黨主席，下至嗆聲群眾，都開始不顧慮修養、禮貌、人性，一勁的尖酸批馬。

所有雞蛋放在一個籃子，所有箭射向那個籃子

執政八年卻沒有什麼政績的執政黨，喜歡國家資源但不喜歡服務人民的執政黨，終於在任滿之前開始恐慌，但在經濟不振、景氣低迷、政府信用破產、民調持續大幅滑落之際，唯一勝選的策略就是打馬。

但打馬不容易，因他溫和謹慎，清廉自持，沒有什麼死穴。但一個人不可能什麼都好，一定會有些地方可以下手，政權保衛者努力思索著，也努力執行著。總結這幾年來馬蠅部隊的打馬策略，不外下面幾點：

刻意貶抑他的能力，說他沒有魄力且優柔寡斷，只靠一張臉，兩條腿。特別喜歡拿

紅衫軍事件的處理來加以攻擊。

要反擊這樣的批評，首先要拿回「魄力」這兩個字的定義權，馬英九認爲魄力的表現從來就不必然要大聲喊衝、絕不認錯或張牙舞爪地開推土機。在法務部長任內他大力掃黑查賄的魄力仍讓人記憶猶新，爲此去官也是眾所皆知的事。

他的魄力是沉默的魄力，堅信做不好就辭職以示負責，這才是魄力。說他在面對紅衫軍等重大事件時危機處理能力有問題，其實是在占他當時兩面不討好的位置的便宜。因爲當時他是首都市長，一方面要保護市民權益（如此就會約束到紅衫軍而減少了要阿扁下台的壓力），一方面要保護反貪腐紅衫軍集會的權利（如此就會給數十萬紅衫軍常駐凱道讓阿扁難堪的權利），更要抵抗阿扁的中央政府的介入。在這樣的處境下，只有堅持法治，從法律面來站穩自己不偏不倚的腳步。這樣的結果是挺扁一方與反扁一方都對馬的處理很不滿意，在媒體上以似是而非的言論加以修理，有沒有魄力就是在那時炒熱的。

馬英九相信，堅持法治更需要魄力。在法律範圍內的任何行爲，他一定會給予最大自由度；但是超越法律時，就要依法辦理。二〇〇五年九一五百萬人的大遊行，馬英九擋住了中央壓力，核准了紅衫軍二十四小時集會遊行的權利。這在全台灣沒有第二例，台北市成爲集會遊行最自由的地方。百萬人大遊行秩序良好，連國際輿論都覺得市府處理得很好。馬英九對於某些政黨動不動以群眾運動的非常態手段，達到政治目的是持保留的。因爲二十一世紀的台灣擁有了難得的民主，卻因缺乏法治精神造成民主品質不佳，是很可惜的。在危機處理上，馬英九傾向選擇誠懇誠實，溫和理性面對，以穩定社會價值，降低社會成本爲原則。

挑撥分化他的支持者，說他不是台灣人，當選總統後會出賣台灣。

馬英九和民進黨的社會基礎最大的差別在於：馬英九一向擁有台灣閩、客、外省、原住民四大族群普遍、均衡的支持，而民進黨只有閩南族群爲支持主力，由於閩南族群是台灣最大的族群，擁有七成以上的人口，所以民進黨一直用過去不快的歷史和對中國大陸的恐懼來疏離、分化他們對馬的支持。馬英九一方面誠懇地概括承受了國民黨早期獨裁統治的包袱，多次向受難者家屬道歉撫慰；另外多次公開表明：台灣的未來，不論選擇走什麼樣的路，都得由二千三百萬台灣人民共同決定。民進黨打馬扣紅帽子，多年不間斷，馬英九則以眞誠表態來化解，一路走來，始終如一。

蓄意謀殺他的人格，說他在留美期間是職業學生，抓耙子。

由於馬英九在學生時代就是一個活躍的愛國青年，政治立場和當時的台獨分子顯著不同，民進黨執政後，常常直接間接指控馬英九在留美期間是職業學生，想把他打到討厭抓耙子的主流民意的對立面。其實，如果馬英九眞的是職業學生，情治單位必有留下他的報告和資料，何以執政八年，掌握情治單位資源的民進黨政府竟拿不出證據來？截至目前爲止，都只敢用捕風捉影的方式含沙射影。從馬英九過去一路走來的痕跡，我們只能說他是一個愛國青年，熱血分子。曾在美國發行的刊物上批左反獨，但絕對不會去打別人小報告。有人曾提出美國學者孔傑榮提過此事，後經孔傑榮本人以書面嚴辭否認。馬英九對此不實指控也已按鈴提告。

在黨產處理上扭曲歷史因果，說馬英九在黨主席任內不但沒有歸還黨產，還加速變賣資產。

馬英九在擔任國民黨主席的短短時間裡，重點處理的正是黨產問題，不但不顧反對意見，毅然把中央黨部搬離了原先氣派顯目的建築，還邀集了一些具公信力的民間人士組成黨產監督委員會。馬英九處理黨產的原則有二：首先，該歸還的就歸還。其次，是不經營黨營事業。所以需要迅速賣掉手中的黨營事業，其交易所得則用在黨工退休資遣，並交付信託。在任內他還成立青年軍，淨化體質，掃除貪腐；成立廉能委員會，將組織志工化。因此青年入黨人數大爲增加，國民黨一掃百年老店形象，煥然一新。

惡意詆毀他的政績，說他在台北市長任內一無建樹，貓纜、小巨蛋、建成圓環都是失敗的建設。

這項指控，看過前文的讀者就知道，是完全經不起考驗的。事實上馬英九任內的政績甚多，爲讓讀者有一個比較清晰具體的概念，本書還整理出十項特別顯著和有意義的建設。馬英九在台北執政八年，他的支持率始終在七成之上，幾乎每年都得到全台灣各縣市首長的前茅，以台北市民的高標準，和總部幾乎都設於台北的大眾傳播媒體的就近監督、放大檢視，如果沒有什麼建樹怎麼可能過關？攻詰者提及的小巨蛋，目前已是全台最夯的多用途表演場館，檔期排得滿滿的，所謂弊端其實是指承攬廠商東森巨蛋公司涉及綁標的弊案；被民進黨唱衰得最凶的貓纜，啓用不過數月，搭乘人數已破三百萬，成爲台北近郊最受歡迎的旅遊景點。建成圓環的狀況絕大部分的批評者更是一知半解：建成圓環在市府接手前，早已因消費動線北移至寧夏路圓環而生意大不如前，無以爲繼，從全盛時期的九十幾個攤位減到十幾個，中間還經過兩次無名火災，使得老圓環有如半傾的廢墟。市府應市民保留傳統美食記憶的呼籲介入重整，之後，又發現原址竟有一個防空蓄水池的古蹟，嚴重限制了空間規劃和使用。雖然初步沒有成功恢復往日商機，至少改善當地交通的重要目標已經達成，目前也已請經營專家規劃完畢，重新施工調整，未來的發展方向將以發揚傳統美食，傳承歷史記憶，發揮創意文化爲宗旨。

恣意毀謗他的操守，說他將特別費匯入個人帳戶，並申報財產等等。許多不實的指控及惡意的曲解被澄清之後，他們仍置若未聞，繼續傳布錯誤的消息。

公道自在人心，目前最高法院三審定讞，宣判馬英九無罪，足以證明他的清廉毫無問題。且與四大天王的特別費案件審理過程相比，最嚴苛的檢驗，只有馬英九通過。

醜化他的出身，說馬英九是國民黨之子，外省權貴，都會菁英，身段驕傲，不認同台灣。

事實證明，馬英九比那些訴說自己小時有多窮苦的「綠朝新貴」認眞、勤勞、儉樸、刻苦得多，長久以來就用雙腳、用汗水服務國家、人民，他對苦幹實幹的任務甘之如飴。他在市長任內每天工作十七小時，爲市民服務，無怨無尤；宣布參選總統後，更決定要以自己的方式打一場不同的選戰。馬英九知道大部分民眾的生活，在北部冷氣房中是看不清楚的，所以在最熱的五月天，他騎單車從南台灣的鵝鑾鼻，一路走了六百七十五公里到北台灣的貓鼻頭，先做了一次「台灣向前行」的巡禮，宣示要找回台灣的核心價値。後來又整整四個月，走過了二百多個鄉鎭市，拜訪超過百種以上的行業，與台灣基層民眾日出而作，日落而息，傾聽眞實的民隱，眞正把自己融入這塊土地。

總統大選開跑後的這些時日以來，即使是一般民眾也清楚的感覺到：民進黨花在打馬的時間遠遠多過制定政策的時間，他們唯一的策略幾乎就是：製造恐懼。這就是一個墮落政黨的本質，馬英九的眞誠、自然和努力就像一面鏡子一樣，照出他們的原形，讓他們用以煽惑人民的假議題有如國王的新衣被戳穿，讓他們無地自容，這就是他們懼怕馬英九的原因。

給人民一個喜歡你之外的理由

——馬英九的新論述

「如果國民黨贏，就是中國贏；如果馬英九當總統，就是輸掉台灣」……這是民進黨不斷在媒體、在民間散播的一種謠言，一種恐嚇，最最奇特的卻是：幾乎全台灣的選民都料定民進黨一定會再一次的玩族群分化的把戲……

馬英九一定也預料到了。

爲什麼大家都會猜到？而民進黨知道大家會猜到還繼續要這樣玩？

答案是因爲這招有效（雖然效用在遞減）。

馬英九既然料到了這一招，那他是否想到什麼破解的方法？

談到馬的國際化大概沒有人會質疑，但是談到他的在地化，就不免有人對他多有狐疑。一直以來，就不停有人說馬英九對台灣的本質並不瞭解。因爲他的思維屬於都會型，不夠草根性；他屬於知識菁英，不瞭解中下階層；他的閩南話生澀不輪轉，表示與台灣群眾的隔絕和疏離。

可是在二〇〇八這次選戰戰役中，馬英九卻相當成功地讓自己從所謂「外來者」的政治象徵，變成道道地地的在地人。他一步步實踐他對在地化的理念和策略，以身先士卒的精神貫徹他對台灣的情感與文化上的認同，徹頭徹尾的改變旁人對他的成見，如果說馬英九在這次的選戰中有沒有什麼最突出的成就，這件事絕對遙遙領先的攞第一。

他是何時開始有意參選總統的？他是何時開始來做準備的？大家可能都會好奇。無論如何，從他從政以來的所做所爲來看，他一直都盡心在消弭族群分際，往中間靠攏，爭取盡可能多數選民的認同，他是有長期準備的。即使他表面上的言行、談吐與教養看起來是十分都會的、國際的、瀰漫菁英的色彩，但這樣的風格並不防礙他同時也是客觀且深入的觀察者、剖析者和政治專業的思考者。

他意識到在時代變遷的洪流裡，政治經濟因素的正負面影響是一時的，但卻有著長期必然的發展和延續。這意謂未來台灣與中國無論是統是獨，台灣內部都必須先統合爲完整的主體。以政治與生活現實來說，台灣以他的在地經驗和在地記憶，和當代中國大陸的記憶產生區隔是自然也是必然的，所以深入在地化，是國民黨絕對不能迴避的課題。這個使命和課題，和絕大多數本省人的祖先一樣，在歷史的某一個階段同時選擇了台灣而非唐山、漳州、泉州落腳。

分析馬英九的自我經營重點，就是把自己在地化，從裡到外內化為台灣人，也只有這樣，他才能以自己的融入參與定義台灣人的辨證過程。這正是他在這次選舉中的基本主軸和方針。為了更加融入台灣的本土意識和社會氛圍，讓本省選民不會視他為外人，而是自己人，不是空降部隊而是著著實實的在地人，不會是外省人的總統而是台灣所有人民的總統，好放心的把選票投給他，他的確做了很多的努力……

百分百台灣觀點的政治論述在過去的國民黨是很少見的。但馬英九認真而勇敢的提出了他的第一本台灣論述《原鄉精神》，也一如預期地掀起了不同陣營者對國家認同與本土定義的論戰。

除了早年二二八悲劇與白色恐怖的不快記憶外，國民黨過去對台灣貢獻其實很多，保衛台灣、抵抗中共、發展經濟、建設國家、改善生活、普及教育等等，早與台灣成為生命共同體，但每逢選舉，民進黨總是不斷批評國民黨是外來政權。一些在地的情感和語言老讓國民黨招架不住。最主要的原因，就是國民黨的台灣論述與思維沒有搶到先機，又沒有用心去追趕，只好被拖著走了。馬英九出任黨主席後，不斷地要黨內強化「先連結台灣才有中國」的歷史論述。馬英九認為國民黨與台灣的關係很深，一定要好好經營台灣論述，主動深化國民黨在各方面對台灣的探討，積極搜尋史料，建立國民黨與台灣的歷史連結，反守為攻，可謂用心良苦。

馬英九在《原鄉精神》中所提出的台灣論述，對本土的定義、國家的認同、民族的生命，提出了他的台灣史觀，也開創了新的局面，把以前國民黨沒講清楚的本土論述通通補齊了。依據他的說法，台灣經歷過七波移民潮。現在台灣的本土與文化的形成，是這移民大歷史的一部分。本土其實就是七波移民文化的總合——第一代：明末來台的漢人，第二代：荷西殖民，第三代：明鄭帶來的十萬大軍，第四代：清領時期來台漢人，第五代：日本殖民，第六代：國共內戰來台的漢人，第七代：八〇年代後的外籍配偶。他特別強調這個本土不是切割分段的，而是生命的延續、再生和再創造的歷程。馬英九認為民進黨的「本土」也不過只是七波移民中的一支而已；民進黨的各種政治口號，包括省籍衝突、外來政權、去蔣化等，其實是民進黨自認為代表第四波移民，利用並改寫第五代日本殖民壓迫的歷史，並利用與第六代移民的舊歷史矛盾，進行少數人為求私利與掌權的鬥爭，是「福佬沙文主義」，狹隘的本土定義。至於「本土政權」，馬英九則認為那是經由全台灣兩千三百萬人透過民主選舉產生的政權，而不是以省籍區分本土或外來；馬氏的台灣論述，在全球化與歷史的角度下，指出台灣其實是一個被迫接受許多外來移民與文化的島嶼；現今沒有一個在島上的族群可以自稱完全代表本土（眞要有也只有原住民有資格）。書中他再三強調台灣本土的問題，不是定義過去，而要走向未來。此外，他也勇於挑戰傳統國民黨的價值觀，例如在台灣論述中，馬英九對蔣介石的功與過，就突破了國民黨過去的禁忌，認為蔣介石的獨裁與威權是錯的，但蔣對台灣應該還是有貢獻的，尤其是對戰後台灣經濟的穩定具一定的貢獻。因此他要讓功與過回歸歷史，把二二八的眞相還原歷史。

馬英九在台灣論述對於國家認同的部分特別指出，「中華民國」是一主權獨立的「國家」，台灣在語義上等於「中華民國」；又主張「不統／不獨／不武」，宣示「任內不與『中共』談判統一」，台灣（即「中華民國」）的前途由兩千三百萬人共同決定。這主張顯然是與民進黨的《台灣前途決議文》的內涵其實頗接近；只是，民進黨後來否定了《台灣前途決議文》，轉向「及早正名制『憲』」的《正常國家決議文》；亦即由接受「實質台獨」，轉向了主張「法理台獨」。造成台灣政治板塊的重大位移，更造成整個東亞的緊張與不安。

對於眾多人所關心的他的統獨立場，在台灣論述中，他也一一表態。他認爲台灣與中國的獨立或統一，自有其歷史上分分合合的背景和發展階段。無論是合或分，都是自然地融合，自然地分開，根本不需要太多人爲去界定劃分。而今民進黨卻傾全力在著墨於台灣與中國的不相容，反而忽視了台灣在全球經濟板塊轉型的震盪下，如何靈活善用地理優勢，確保經濟成長，厚植國力，以因應更激烈的國際競爭等更關乎人民生活生計的問題。

國民黨早先的想法也是承認台灣主體性的必要與合法，但也畏懼過度強調台灣主體性的同時，可能會沖淡台灣人民在歷史和文化上的價值依歸。這與在美接受民主教育很久的馬英九有所不同。他不會走民進黨的刻意分化，或挑釁兩岸對立危機以製造政治利益，但也不會有國民黨的老舊包袱。現階段台灣與中國不統不獨，維持現狀，是他明確的主張。台灣與中國的關係是歷史的遺留，就讓歷史來解決，而不是由意識形態來決定。這正是人民仰賴他的憑據之所在，因爲大多數的新台灣人要的只是安居樂業。

在台灣論述中，他以「族群團結」、「民主」、「理性」、「人權」等思考重點，從過去爲台灣犧牲奉獻的先烈先賢們的歷史裡，理出一條傳承之路。馬英九指出，與孫中山先生一起宣導革命的「四大寇」之一陳少白，早年曾來台灣吸收台北仕紳吳文秀加入興中會。同盟會成立之後，苗栗羅福星還參加了黃花岡之役。一九一三年「二次革命」失敗，孫中山先生來到台灣，台中人廖進平募了六萬元面交孫先生，孫先生還贈一瓶酒，這瓶酒後來成爲廖家的傳家寶。廖進平後來也成了二二八事件的受害者，二〇〇六年二二八家屬座談會時，廖進平的兒子曾在會上將這瓶酒送給馬英九。在敘述這件事時，馬英九語帶哽咽，情緒激動。

事實上國民黨與台灣的淵源之深是不容抹煞的；對台灣發展貢獻之大也是無庸置疑。奈何在政權交出後，國民黨對它所統治五十年的台灣，幾乎沒有一點發言權或發言的能力。眼見政敵對國民黨的曲解跟不公，國民黨也毫無招架之力。所以馬英九很早就希望透過台灣論述的工程，把國民黨歷史與台灣歷史做更廣義、周延、緊密的連結。他不願見民進黨御用學者一面倒的負面連結，來解讀或毒化台灣人對國民黨的思維；因此很努力地發掘國民黨歷史與台灣歷史可以正面連結的人物，如蔣渭水、羅福星、賴和等先賢烈士。這些人一方面都是對台灣歷史有很大貢獻的人，特別是爲了爭取民主自由，不分族群，拋頭顱、灑熱血與日本殖民帝國周旋。羅福星、蔣渭水、莫那魯道都是個中深具代表性的人物。台灣這些先賢先烈，與大陸的國民黨革命先烈同期呼吸、同起腳步，彼此沒有差別。

馬英九與謝長廷在一場紀念蔣渭水的座談會上對所謂的「本土論述」，也透過蔣渭水所謂祕密黨員的身分來連結中國國民黨與台灣。他花了很多力氣在這方面努力平反民進黨對國民黨的欲加之罪，所以有了渭水紀念館、渭水紀念公園等。另外，他也是第一個毫無保留，以誠意面對二二八事件受害家族的國民黨領袖，抱著謙恭傷痛的心參加二二八紀念活動，儘管面對少數遺族的敵意屈辱，也完全虛心接納，概括承受國民黨在台灣歷史上所留下的遺憾。這都是他極力表現面對歷史，建構國民黨重生的台灣論述的誠意。

放到更實際的作爲來看，台北市政建設中的翻轉軸線、重整古蹟，對保安宮、歌仔戲、布袋戲文化的重視以及在孔廟祭典中將台灣先賢入祠等等政績，都是他台灣論述建設的一部分。馬英九並更進一步把他種種在地化的努力發展成爲此次競選的主軸，提升了國民黨台灣論述的能見度，更把這次總統大選的目的提高到「找回台灣的核心價值，捍衛台灣眞正的尊嚴，重振台灣經濟，以創造台灣美好的未來。」

晚近，他更輕騎下鄉跑遍台灣二百多個鄉鎮，展示他深入民間探訪在地基層的決心。「青春鐵馬行」和他的 Home Stay 所見所聞所感，也都是以具體行動完成的台灣論述的一環。其中，從五月十一日到十九日，從鵝鑾鼻到最北端富貴角，馬英九進行了爲期十天長達十八縣市、六七四．四三公里的「青春鐵馬行」；行程中設有衛星定位系統，讓網友隨時掌握鐵馬車隊的動態，而馬英九每天也在網誌上，寫自己的心情日記。看看勇腳馬車隊，烈日當頭，揮汗如雨，最後還扛起單車走向富貴角燈塔，象徵扛起千斤重擔，這趟環台之旅，儘管一開始媒體不愛、對手唱衰、還被政論名嘴批得一文不值，但是對馬英九個人而言，卻扎扎實實是內在的改造之旅，收穫很多，也是他「用汗水、用腳愛台灣」的具體行動。

經過「鐵馬行」的暖身，緊接著的「Home Stay」就逐步展現出巨大的影響力了，在這長達半年，住宿近百家民宅的下鄉之旅中，許多中南部鄉親得以親自見到傳聞中的馬英九，結果印象與效果出奇得好。在過去，除了在主流媒體上「高來高去」之外，中南部許多民眾對馬英九的印象多來自一向親綠、反馬的地下電台或所謂「菜市場族」的口耳相傳，資訊不但偏頗、扭曲，也常與事實不符。經過與馬英九本人的親身接觸後，很多人都更加肯定了這個政治優質品牌的正面特質，許多老婆婆對他的「忠厚」、「慈悲」、「正派」、「認眞」甚至「緣投」都讚不絕口，一傳十、十傳百的結果，竟讓藍營在各種文宣管道始終打不進去，任由深綠電台壟斷的中南部「庄腳」，第一次有了分庭抗禮的媒體——「馬英九本人」。

在總統選戰的大部分時間，馬英九都是遠離台北的票倉，以各種形式的「Home Stay」，「流竄」於台灣草根階級與廣大民間，他的努力與動能，不但給這些較封閉、保守的地區帶來新的政治人物的想像，也根本地改變了自己的台灣視野，對於他在各項政策的思維與擬定上，有著極深的影響。

這次總統大選之後，馬英九和台灣社會都經歷到一場跨時代的蛻變，台灣的核心價值例如勤奮認眞、同情包容、公義正直、踏實與自我調整，和馬英九的個人特質中的類似元素相遇，終於在第一階段化合出令人期待的果實——任何人都可以感染到總統大選之後台灣社會的樂觀氛圍、平和氣息與「重新出發」的積極態度。

馬英九當然不是完人，但是一個成熟、健康的社會從來就不需要完人。只要是他的條件與特質呼應了時代與社會的需要，能適時爲這座島嶼注入健康的元素，例如：彌補裂痕、平撫不安，重新團結這個國家；開放務實、引入活水經濟，滋養這塊土地；建立制度、守法守紀、進而爲台灣的長治久安打下百年根基，這塊土地上的人終會毫無保留的和他站在一起。

結語

在選戰最激烈的時刻
包括台灣大學在內的數十所大學學生會
一起發起了一個 Share&Enjoy 活動
他們要問兩位總統候選人
「我們的未來在哪裡？」

其實這個世界上有多少人
對自己和別人的「未來」可以那麼有把握呢？

但我們可以確定
「未來」從現在就已經開始了
你現在的每一個決定
都在決定你的「未來」

如果以總統大選作例子
我們可以預見
由於馬英九以他的方式得到大勝
他的方式將成爲新的遊戲規則

未來台灣每個政治人物
都將向這個規則靠攏
學習眞誠
學習尊敬人民
學習把「道德」或「政治理想」當眞

因爲台灣人民已透過
對馬英九的支持
清楚表達出
未來他們要什麼樣的社會與政治

參考資料

1. 《沉默的魄力》，馬英九口述，羅智強、洪文賓整理，天下文化
2. 《原鄉精神》，馬英九著，天下文化
3. 《軟硬兼施，脫胎換骨》，台北市政府新聞處
4. 《治國：台灣贏的新策略》，馬英九、蕭萬長著，商周出版
5. 《民進黨就是這樣對付馬》，馬英九競選總部文宣品
6. 「發現新台北」網站 http://discover.taipei.gov.tw
7. 「青春鐵馬向前行」網站 http://blog.yam.com/biketrip
8. 《馬英九前傳》，曾一豪著，希代出版
9. 《少年馬英九》，曾一豪著，高寶出版
10. 《誰識馬英九》，馬西屏著，天下文化
11. 《馬英九傳》，范永紅著，中國國際廣播出版社
12. 《亞洲週刊》，童清峰：〈馴馬變烈馬不按牌理出牌選總統〉、邱立本：〈馬英九與楊過的精魂〉，二〇〇七年八月二十六日

INK PUBLISHING

People 8

馬英九元素

解讀馬英九風格與台灣社會的化學作用

作　　者　施維摩　陳俐伶
總 編 輯　初安民
責任編輯　尹蓓芳　楊慶媛
美術編輯　許秋山
校　　對　尹蓓芳　施維摩　陳俐伶

發 行 人　張書銘
出　　版　**INK** 印刻文學生活雜誌出版有限公司
台北縣中和市中正路 800 號 13 樓之 3
電話：02-22281626
傳真：02-22281598
e-mail:ink.book@msa.hinet.net
網　　址　舒讀網 http://www.sudu.cc

法律顧問　漢廷法律事務所
劉大正律師
總 代 理　展智文化事業股份有限公司
電話：02-22533362．22535856
傳真：02-22518350
郵政劃撥　19000691 成陽出版股份有限公司
印　　刷　海王印刷事業股份有限公司

出版日期　2008 年 5 月 初版
ISBN　978-986-6873-72-0

定價　220 元

國家圖書館出版品預行編目資料

馬英九元素／施維摩、陳俐伶.
--初版.--台北縣中和市：INK 印刻文學，2008.5
面；　公分.--（People；8）
ISBN 978-986-6873-72-0（平裝）
1.馬英九 2.台灣傳記 3.台灣政治
573.07　　97003169

INK INK INK INK INK
INK INK INK INK INK INK
INK INK INK INK INK
INK INK INK INK INK INK
INK INK INK INK INK
INK INK INK INK INK INK
INK INK INK INK INK
INK INK INK INK INK INK
INK INK INK INK INK
INK INK INK INK INK INK
INK INK INK INK INK
INK INK INK INK INK INK
INK INK INK INK INK
INK INK INK INK INK INK
INK INK INK INK INK
INK INK INK INK INK INK
INK INK INK INK INK
INK INK INK INK INK INK
INK INK INK INK INK
INK INK INK INK INK INK
INK INK INK INK INK
INK INK INK INK INK INK
INK INK INK INK INK
INK INK INK INK INK INK

INK INK INK INK INK INK IN
K INK INK INK INK INK INK
INK INK INK INK INK INK IN
K INK INK INK INK INK INK
INK INK INK INK INK INK IN
K INK INK INK INK INK INK
INK INK INK INK INK INK IN
K INK INK INK INK INK INK
INK INK INK INK INK INK IN
K INK INK INK INK INK INK
INK INK INK INK INK INK IN
K INK INK INK INK INK INK
INK INK INK INK INK INK IN
K INK INK INK INK INK INK
INK INK INK INK INK INK IN
K INK INK INK INK INK INK
INK INK INK INK INK INK IN
K INK INK INK INK INK INK
INK INK INK INK INK INK IN
K INK INK INK INK INK INK
INK INK INK INK INK INK IN
K INK INK INK INK INK INK
INK INK INK INK INK INK IN
K INK INK INK INK INK INK